日本人的哈啦妙招！

日文句型輕鬆學

活用日本人每天必說句型168

附
QR Code
線上音檔

いただきま～す

中間多惠－編著
山本峰規子－插畫

笛藤出版

♪中日發音 MP3

請掃描左方 QR code 或輸入網址收聽：

https://bit.ly/SpeakJP168

◆ 日文發聲｜谷內宏行

◆ 中文發聲｜賴巧凌

前言

學習語言最重要的就是要能夠溝通。然而多數人在學日語時，常常苦於明明文法跟單字都已經學了很多，但真正要用的時候，卻不知道該如何組成完整的句子。想解決這個問題，學習「句型」是最有幫助的！知道常用句型的特定使用方法之後，只要加入平常累積的單字，就可以成功造出想表達的句子！

本書由《日語彩繪句型 168》改編增訂。精選 168 個實用基礎句型，跳脫傳統條列式的文法整理，分解句型結構、並搭配生動活潑的插圖幫助記憶。除了句型之外，還可以學會如何表達喜好、願望、邀約等等各種生活常用語感，達到活用日語的目的。

如果只是死背課本上的例句，很快就會忘記！任何文法和單字一定要真正使用之後，才會變成自己的東西！書中補充了大量單字和例句，學習句型的同時也提升單字量，幫助讀者練習照樣造句。再搭配上 MP3 練習聽力跟口說，即使是初學者也可以快速掌握學習句型的訣竅，擺脫結結巴巴只能說單字的窘境，說出完整的句子喔！

笛藤編輯部

使用方法

step ①

先看句型的中文日文以及結構分解，了解句子的基本架構。

step ②

閱讀句型相關的解說，熟悉句子更深入的用法。

step ③

一邊看單字整理一邊跟著拼音唸唸看，累積單字量。

肯定・否定

1

♪001

私は宇宙人です（わたし　うちゅうじん）

我是外星人

句型架構

主詞は	+ 名詞	+ です
私（わたし）は	宇宙人（うちゅうじん）	です
我是	外星人	（肯定）

解說 「～是～」。用來表示肯定。

① 疑問時，只要在「**です**」後面加「**か**」，變成「**～は～ですか／～是～嗎？**」就可以了。

例 彼（かれ）**は**宇宙人（うちゅうじん）**ですか**。／他**是**外星人**嗎**？

② 否定時用「**～は～ではありません／～不是～**」。

例 彼（かれ）**は**宇宙人（うちゅうじん）**ではありません**。／他**不是**外星人。

單字介紹

天才（てんさい） te.n.sa.i	天才	調理師（ちょうりし） cho.o.ri.shi	廚師
ヨガ yo.ga	瑜珈（yoga）	婚約者（こんやくしゃ） ko.n.ya.ku.sha	未婚妻（夫）
ハーフ ha.a.fu	混血兒（half）	赤（あか）ワイン a.ka.wa.i.n	紅酒（wine）
デザイナー de.za.i.na.a	設計師（designer）		

28

例句

あの人は	**天才**	です。	那個人是天才。
私は	**ハーフ**	です。	我是混血兒。
彼は	**調理師**	です。	他是廚師。
彼は	**芸能人**	です。	他是藝人。
これは	**赤ワイン**	です。	這是紅酒。
あの方は	ヨガの**先生**	です。	那位是瑜伽老師。
川瀬さんは	**デザイナー**	です。	川瀨先生是設計師。
彼女は	僕の**婚約者**	です。	她是我的未婚妻。

29

step ❹

聽日籍老師錄製的 MP3 邊看例句，並模仿日籍老師的發音跟讀。

不懂的單字可以再看一次單字介紹的地方，或是自己查字典補充上去。

反覆練習之後試著不看書，仔細聽 MP3 的內容並複誦一次，訓練耳朵敏感度與口說。

step ❺

試著用新學到的句型造出跟生活相關的句子，也可以拿來練習寫日記，記錄每天的生活之外更可以加深記憶喔！

動詞與動詞變化

動詞依變化的不同共分為五種。

❶ 五段動詞：動詞語尾以 50 音的「a・i・u・e・o」五個音段中「u」段結尾的動詞，稱為五段動詞。

例：読(よ)む、合(あ)う、書(か)く、飲(の)む、出(だ)す、立(た)つ、死(し)ぬ、作(つく)る

❷ 上一段動詞：動詞語尾以「る」結尾，「る」前面的字音在「i」段上（い、き、し、ち、に、ひ、み、り）。

例：起(お)きる（き → 是 i 段音）

中文名稱	日文名稱	語意、口語名稱	飲む（喝） （五段）
第一變化	未然形	・ない形、否定形 ・意志形	飲まない（不喝） 飲もう（喝吧）
第二變化	連用形	・て形（接續） ・た形（表過去） ・ます（輕微尊敬）	飲んで［接續］ 飲んだ（喝了） 飲みます（喝）
第三變化	終止形	・辭書形、原形 （表句子結束）	飲む （喝）
第四變化	連体形	・辭書形、原形 （用來修飾名詞）	飲むとき （喝的時候）
第五變化	仮定形	・假定形、ば形	飲めば（喝的話）
第六變化	命令形	・命令形	飲め（喝！）

❸ 下一段動詞：動詞語尾以「る」結尾，「る」前面的字音在「e」段上（え、け、せ、て、ね、へ、め、れ）。

例：食（た）べる（べ → 是 e 段音）

❹ カ行變格動詞：此類動詞只有「来（く）る」一個，語尾變化為不規則。

❺ サ行變格動詞：語尾為「する」的動詞，語尾變化不規則。

例：愛（あい）する、出発（しゅっぱつ）する、サインする

起きる（起床）（上一段）	食べる（吃）（下一段）	来る（來）（カ行）	相談する（商量）（サ行）
起きない（不起來） 起きよう（起床吧）	食べない（不吃） 食べよう（吃吧）	来（こ）ない（不來） 来（こ）よう（來吧）	相談しない（不商量） 相談しよう（商量吧）
起きて［接續］ 起きた（起床了） 起きます（起床）	食べて［接續］ 食べた（吃了） 食べます（吃）	来（き）て［接續］ 来（き）た（來了） 来（き）ます（來）	相談して［接續］ 相談した（商量了） 相談します（商量）
起きる（起床）	食べる（吃）	来（く）る（來）	相談する（商量）
起きるとき（起床的時候）	食べるとき（吃的時候）	来（く）るとき（來的時候）	相談するとき（商量的時候）
起きれば（起來的話）	食べれば（吃的話）	来（く）れば（來的話）	相談すれば（商量的話）
起きろ（起床！［口語］） 起きよ（起床！［書面］）	食べろ（吃！［口語］） 食べよ（吃！［書面］）	来（こ）い（過來！）	相談しろ（商量！［口語］） 相談せよ（商量！［書面］）

イ形容詞變化

イ形容詞在文法上稱為「形容詞」，和動詞一樣語尾會產生變化。語幹不變，語尾變化。例：寒い，「寒」為語幹「い」是語尾。

中文名稱	日文名稱	語意、口語名稱	寒い（寒冷的）	美しい（美麗的）
第一變化	未然形	・推測形（表推測）	寒かろう（應該很冷吧！） 寒いでしょう（應該很冷吧！）	美しかろう（應該很美吧！） 美しいでしょう（應該很美吧！）
第二變化	連用形	・ない形（表否定） ・て形（接續） ・た形（表過去） ・副詞形（修飾動詞）	寒くない（不冷） 寒くて［接續］ 寒かった（冷［過去］） 寒くなる（變冷）	美しくない（不美） 美しくて［接續］ 美しかった（美［過去］） 美しく咲く（美麗地盛開）
第三變化	終止形	・辭書形、原形（表句子結束）	寒い（寒冷的）	美しい（美麗的）
第四變化	連体形	・加名詞（用來修飾名詞）	寒い日（寒冷的日子）	美しい花（美麗的花）
第五變化	仮定形	・假定形、ば形（表假定）	寒ければ（冷的話）	美しければ（美麗的話）

ナ形容詞變化

ナ形容詞在文法上稱為「形容動詞」。和イ形容詞最大的不同是以「だ（です）」作為結尾。

中文名稱	日文名稱	語意、口語名稱	静かだ（普通體）	静かです（丁寧體）
第一變化	未然形	・推測形（表推測）	静かだろう（應該很安靜吧！）	静かでしょう（應該很安靜吧！）
第二變化	連用形	・ない形（表否定） ・て形（接續） ・た形（表過去） ・副詞形（修飾動詞）	静かではない（不安靜） 静かで［接續］ 静かだった（安靜［過去］） 静かに吹く（靜靜地吹）	静かでした（安靜［過去］）
第三變化	終止形	・辭書形、原形（表句子結束）	静かだ（安靜）	静かです（安靜）
第四變化	連体形	・加名詞（用來修飾名詞）	静かなところ（安靜的地方）	×
第五變化	仮定形	・假定形、ば形（表假定）	静かならば（安靜的話）	×

日語的敬體和常體

日語會依說話對象、場合的不同使用不一樣的語氣，可以分成口語的「普通體（常體）」、和比較有禮貌的「丁寧體（敬體）」。普通體是跟熟識的朋友、家人溝通的時候使用，而丁寧體則是和初次見面、不太熟的人，以及職位、輩份比自己高的人使用。日本人很重視敬語的使用是否恰當，所以說話時一定要注意自己和對方的關係，選擇適當的語體。

普通體語尾是以辭書形、た形、ない形結尾，不接「です」「ます」。要注意不同時態時的變化。

	普通體（口語）	丁寧體（敬語）	中文
動詞	書く	書きます	寫
	書かない	書きません	不寫
	書いた	書きました	寫了
	書かなかった	書きませんでした	沒寫（過去）
イ形容詞	大きい	大きいです	大
	大きくない	大きくないです	不大
	大きかった	大きかったです	大（過去）
	大きくなかった	大きくなかったです	不大（過去）
ナ形容詞	静かだ	静かです	安靜
	静かじゃない	静かでは（じゃ）ありません	不安靜
	静かだった	静かでした	安靜（過去）
	静かじゃなかった	静かでは（じゃ）ありませんでした	不安靜（過去）
名詞	本だ	本です	是書
	本じゃない	本では（じゃ）ありません	不是書
	本だった	本でした	是書（過去）
	本じゃなかった	本では（じゃ）ありませんでした	不是書（過去）

本書略語

【名】名詞

【代名】代名詞

【イ形】イ形容詞

【ナ形】ナ形容詞、形容動詞

【五動】五段活用動詞、第一類動詞

【上動】上一段活用動詞、第二類動詞

【下動】下一段活用動詞、第二類動詞

【サ変】サ行變格活用動詞、第三類動詞

【カ変】カ行變格活用動詞、第三類動詞

【被五動】被動動詞・五段

目次

肯定・否定

1 私は宇宙人です（わたし うちゅうじん）...... 28
我是外星人

2 その味は大変辛いのです（あじ たいへんから）...... 30
那個味道是非常辣的

3 彼女はいい子でした（かのじょ こ）...... 32
她以前是個好孩子

4 人間は昔サルだったのです（にんげん むかし）...... 34
人類以前是猴子

5 お兄さんが食べたのです（にい た）...... 36
是哥哥吃掉的

6 この木は大きくありません（き おお）...... 38
這棵樹不大

7 彼は日本人ではありません（かれ にほんじん）...... 40
他不是日本人

8 彼は怒っているのではありません（かれ おこ）...... 42
他並沒有在生氣

9 あの店のラーメンはおいしいにちがいありません（みせ）...... 44
那家店的拉麵一定很好吃

疑問

10 どうしてですか 46
為什麼呢？

11 誰が好きですか 48
你喜歡誰呢？

12 あなたは学生ですか 50
你是學生嗎？

13 あの人は宇多田ひかるではありませんか 52
那個人不就是宇多田光嗎？

14 何を食べるのですか 54
要吃什麼呢？

15 ママはいつ出掛けたのでしょう 56
媽媽什麼時候出門了呢？

16 これはいくらなのでしょうか 58
這個多少錢呢？

17 ほんとうに見えるでしょうか 60
真的看得見嗎？

18 天気予報はほんとうでしょうか 62
氣象預報是真的嗎？

19 あの人がお金を返すものですか 64
那個人怎麼可能還錢

20 お父さんは怒ることがありますか 66
爸爸有時會生氣嗎？

21 図書館は静かだと思います 68
我想圖書館應該很安靜

22 明日は雨だろうと思います 70
我想明天可能會下雨吧！

23 かわいいですね 72
很可愛呢！

24 あの番組は面白かったですね 74
那個節目挺有趣的呢！

25 このりんごはおいしいですよ 76
這顆蘋果很好吃喔！

26 手紙はポストに入れたはずです 78
信應該已經投入郵筒了

27 彼が失敗するはずはありません 80
他不可能會失敗

28 早く休んだほうがいいでしょう 82
早點休息比較好吧！

29 土曜日は無理かもしれません 84
星期六可能不行

30 先生は来るかどうかわかりません 86
不知道老師是否會來

31 道は遠いらしいですね 88
路好像很遠呢！

心情

32 なんて美しい花でしょう 90
多麼美麗的花啊！

33 どんなに安いものでしょう 92
多麼便宜的東西啊！

34 何というさびしさでしょう 94
多麼寂寞啊！

35 無断で借りられては困ります 96
你擅自借走東西會讓我很困擾

36 ちゃんと掃除してもらわなくては困ります 98
如果你沒有好好打掃的話會讓我很困擾

有・無

37 サルがいます 100
有隻猴子

38 りすがいました 102
剛剛有隻松鼠

39 庭に猫がいません 104
院子裡沒有貓

40 明日テストがあります 106
明天有考試

41 昨日誕生日パーティーがありました 108
昨天有生日派對

42 お金がありません 110
沒有錢

存在（人・物）

43 韓国にペヨンジュンがいます 112
在韓國有裴勇俊

44 ペヨンジュンは韓国にいます 114
裴勇俊在韓國

45 机の上に漫画があります 116
在書桌上有漫畫

46 本は机の上にあります 118
書在書桌上

狀態

47 あなたのことは忘れていません 120
我沒有忘記你

48 電気は点けてありません 122
電燈沒有亮著

49 ポットは置いてあります 124
水壺擺放著

50 雨が降ります 126
下雨

51 雨は止みません 128
雨下不停

52 この赤ちゃんはなかなか泣きはしません 130
這個嬰兒不輕易哭

動作

53 妹が歌っています 132
妹妹正在唱歌

54 私はご飯を食べます 134
我要吃飯

55 私は昨日手紙を書きました 136
我昨天寫了信

56 妹は結婚して子供を産みました 138
妹妹結婚生小孩了

57 お父さんはテレビを見ているところです 140
爸爸正在看電視

58 時間はもう過ぎていました 142
時間已經過了

59 先生はもう行ってしまいました 144
老師已經走了

願望・希望

60 私は MP3 がほしい 146
我想要 MP3

61 私は早くお嫁さんになりたい 148
我想趕快當新娘

62 私はビールを飲みたくなりました 150
我想喝啤酒了

打算・意志

63 私は日本へ行くつもりです 152
我打算去日本

64 私は仕事をやめないつもりです 154
我打算不辭掉工作

65 私はずっとここにいるつもりはありません 156
我不打算一直待在這裡

66 私は徹夜で勉強しようと思います 158
我想要唸通宵

67 私は彼女と仲直りしようとは思いません 160
我並不想和她和好

68 彼はもう帰ろうとしています 162
他正想要回去

69 見ようともしません 164
連看都不看

70 ぜひ恩返しをしたいと思います 166
我一定要報恩

許可・禁止

71 忘れてもいい 168
即使忘記也沒關係

72 座らなくてもいい 170
即使不坐也沒關係

73 電話しても構いません 172
即使打電話也無妨

74 突然お宅に伺っても差し支えありませんか 174
即使突然登門拜訪也無妨嗎？

75 嘘をついてはいけません 176
不可以說謊

命令・必須

76 飲め 178
喝下去！

77 今日は早く寝なければいけません 180
今天必須早一點睡

78 お金を貯めなければなりません 182
必須存錢

79 私はどうしても帰らなければなりません 184
我非回去不可

80 映画を見るには映画館に行かなくてはなりません 186
要看電影的話就必須到電影院

81 きれいに書かないといけません 188
不寫漂亮一點不行

原因・目的

82 雨が降るのでやめます 190
因為下雨，所以作罷

83 これはかわいいから買いたいです 192
因為這個很可愛，所以想買

84 外は危ないですから出ないほうがいいよ 194
因為外面很危險，所以別出去比較好哦！

85 行(い)かないのはいろいろあるからです……196
之所以不去是因為發生了很多事

86 努力(どりょく)をするのは夢(ゆめ)を実現(じつげん)させるためです……198
之所以努力，是因為想要讓夢想實現

87 病気(びょうき)を早(はや)く治(なお)すためにしっかり休養(きゅうよう)をとります……200
為了早點把病治好，所以要好好休息

相似・相反

88 西洋人(せいようじん)にとってお酒(さけ)は水(みず)のようです……202
對西洋人來說，酒就像水一樣

89 彼女(かのじょ)はお姫様(ひめさま)のように美(うつく)しいです……204
她就像公主一樣美麗

90 私(わたし)の猫(ねこ)は虎(とら)に似(に)ています……206
我的貓長得像老虎

91 私(わたし)と火星人(かせいじん)は似(に)ています……208
我和火星人長得很像

92 この絵(え)はあの絵(え)と同(おな)じです……210
這幅畫和那幅畫一樣

93 私(わたし)は姉(あね)と同(おな)じ体重(たいじゅう)です……212
我和姊姊同樣體重

94 男(おとこ)は女(おんな)と違(ちが)います……214
男生和女生不同

95 日本円(にほんえん)と台湾元(たいわんげん)とは違(ちが)います……216
日幣和台幣是不同的

96 東(ひがし)は西(にし)の反対(はんたい)です……218
東是西的相反

97 東(ひがし)と西(にし)とは反対(はんたい)の方角(ほうがく)です 220
東和西是相反的方位

邀約

98 コーヒーを飲(の)みましょう 222
喝杯咖啡吧！

99 手伝(てつだ)いましょうか 224
要不要我幫你呢？

100 日本(にほん)へ行(い)きませんか 226
要不要去日本呢？

101 お歌(うた)いになりませんか 228
您要不要唱歌呢？

請求

102 お買(か)いなさい 230
請買吧！

103 ご返事(へんじ)なさい 232
請回答！

104 お入(はい)りください 234
請進

105 ご連絡(れんらく)ください 236
請連絡

106 手(て)を洗(あら)ってください 238
請洗手

107 言(い)ってご覧(らん)なさい 240
請說說看

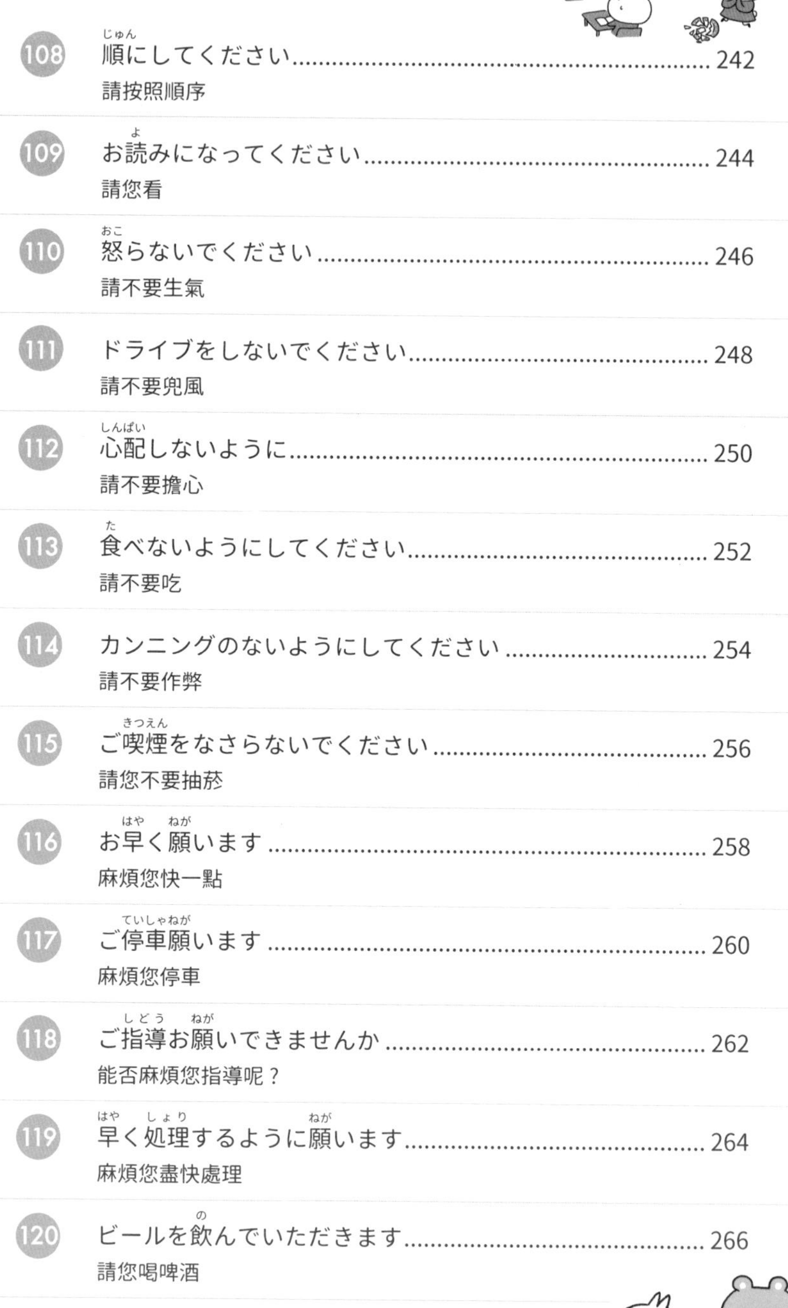

108 順(じゅん)にしてください......242
請按照順序

109 お読(よ)みになってください......244
請您看

110 怒(おこ)らないでください......246
請不要生氣

111 ドライブをしないでください......248
請不要兜風

112 心配(しんぱい)しないように......250
請不要擔心

113 食(た)べないようにしてください......252
請不要吃

114 カンニングのないようにしてください......254
請不要作弊

115 ご喫煙(きつえん)をなさらないでください......256
請您不要抽菸

116 お早(はや)く願(ねが)います......258
麻煩您快一點

117 ご停車願(ていしゃねが)います......260
麻煩您停車

118 ご指導(しどう)お願(ねが)いできませんか......262
能否麻煩您指導呢？

119 早(はや)く処理(しょり)するように願(ねが)います......264
麻煩您盡快處理

120 ビールを飲(の)んでいただきます......266
請您喝啤酒

121 手伝っていただきたいのです 268
我想請您幫個忙

122 お止めになっていただきたいのです 270
懇請您住手

並列・列舉

123 彼は優しくてハンサムです 272
他既溫柔又帥氣

124 私はよくテレビを見ながらパソコンをします 274
我常常邊看電視邊打電腦

125 彼女は泣いたり叫んだりしています 276
她又哭又叫

126 服やら靴やら買いたいものがたくさんあります 278
衣服啦、鞋子啦，想買的東西有很多

使役・被動・接受

127 先生は生徒に作文を書かせます 280
老師叫學生寫作文

128 先生は私に意見を求められました 282
老師被我徵求了意見

129 私は警察に道を教えてもらいました 284
警察告訴了我路怎麼走

130 友達が私にお土産を買ってくれました 286
朋友買了紀念品給我

假設

131 探せばあると思います 288
我想只要找的話就會有

132 私がお金持ちなら世界一周旅行したい 290
如果我是有錢人，我想環遊世界一周

133 焼肉が食べたいなら食べればいい 292
如果想吃烤肉的話就吃啊！

134 テレビが壊れたら新しいのを買います 294
如果電視壞掉的話，就買新的

135 明日晴れたらいいですね 296
如果明天放晴就好了

136 明日がもし晴れでしたら山を登ります 298
如果明天是晴天的話，就去爬山

137 明日晴れるといいですね 300
如果明天放晴就好了

比較・程度

138 宿題ほど辛いものはありません 302
沒有比作業更令人痛苦的東西了

139 見れば見るほどきれいです 304
越看越漂亮

140 彼女はそんなにきれいではありません 306
她並沒有那麼漂亮

141 少しわがままです 308
有點任性

142 このカレーは少し辛すぎます 310
這個咖哩有點太辣了

143 これはあまりに高すぎます 312
這個東西實在太貴了

144 象はもっと大きいです 314
大象更大

145 タクシーはバスよりはやいです 316
計程車比巴士快

146 昨日より今日の方が暖かいです 318
比起昨天，今天更溫暖

147 カレーが一番好きです 320
我最喜歡咖哩

能力・經驗

148 私はピアノが弾けます 322
我會彈鋼琴

149 先生は多ヶ国語を話すことができます 324
老師會說多國語言

150 薬は効かないこともあります 326
藥有時也會沒效

151 私はベルギーに行ったことがあります 328
我去過比利時

需要

152 雨の日には傘がいります 330
下雨天需要傘

153 学校に行くには３０分かかります 332
去學校得花三十分鐘

傳聞

154 台湾はまだ暑いそうです 334
聽說台灣還很熱

155 今年の冬は特に寒いと聞きます 336
聽說今年冬天特別冷

156 彼女は妊娠しているということです 338
聽說她懷孕了

其他

157 来週は休みでしょう 340
下週應該有放假吧

158 目が痛いときにはコンタクトを外します 342
眼睛痛的時候就取下隱形眼鏡

159 雪が降ると寒くなります 344
一下雪就會變冷

160 ビルは高く聳えています 346
大樓高聳著

161 これさえあればほかには何もいりません 348
只要有了這個其他什麼都不需要

162 こんなことは子供でもできる 350
這種事連小朋友也會

163 どんな学校でもいい生徒と悪い生徒がいます 352
無論什麼樣的學校都有好學生和壞學生

164 いくら考えても分かりません 354
不管怎麼想還是不懂

165 私などは何もできません 356
像我這樣的人什麼也不會

166 それでこそ一人前の大工です 358
那樣才是獨當一面的木匠

167 努力のかいがあって志望の大学に合格しました 360
努力沒有白費，考上第一志願的大學

168 春は眠くなりがちです 362
春天常常會想睡覺

1

私(わたし)は宇宙人(うちゅうじん)です
我是外星人

句型架構

主詞 は +	名詞 +	です
私(わたし) は	宇宙人(うちゅうじん)	です
我 是	外星人	（肯定）

解說　「～是～」。用來表示肯定。

① 疑問時，只要在「**です**」後面加「**か**」，變成「**～は～ですか／～是～嗎？**」就可以了。

例　彼(かれ)**は**宇宙人(うちゅうじん)**ですか**。／他**是**外星人**嗎**？

② 否定時用「**～は～ではありません／～不是～**」。

例　彼(かれ)**は**宇宙人(うちゅうじん)**ではありません**。／他**不是**外星人。

單字介紹

天才(てんさい) te.n.sa.i	天才	調理師(ちょうりし) cho.o.ri.shi	廚師
ヨガ yo.ga	瑜珈（yoga）	婚約者(こんやくしゃ) ko.n.ya.ku.sha	未婚妻（夫）
ハーフ ha.a.fu	混血兒（half）	赤(あか)ワイン a.ka.wa.i.n	紅酒（wine）
デザイナー de.za.i.na.a	設計師（designer）		

例句

あの人(ひと)は	**天才(てんさい)**	です。	那個人是天才。
私(わたし)は	**ハーフ**	です。	我是混血兒。
彼(かれ)は	**調理師(ちょうりし)**	です。	他是廚師。
彼(かれ)は	**芸能人(げいのうじん)**	です。	他是藝人。
これは	**赤(あか)ワイン**	です。	這是紅酒。
あの方(かた)は	ヨガの**先生(せんせい)**	です。	那位是瑜伽老師。
川瀬(かわせ)さんは	**デザイナー**	です。	川瀬先生是設計師。
彼女(かのじょ)は	僕(ぼく)の**婚約者(こんやくしゃ)**	です。	她是我的未婚妻。

2

その味(あじ)は大変辛(たいへんから)いのです
那個味道是非常辣的

句型架構

主詞 は	+	イ形容詞辭書形 動詞辭書形・ている形	+	の(ん)です
その味(あじ) は		大変辛(たいへんから)い		のです
那個味道 是		非常 辣		(肯定)

解說

「～是～的」。

本句型的「の」，在口語中可念成「ん」的音，是「の (no)」的母音 (o) 省略的結果。

單字介紹

新幹線(しんかんせん) shi.n.ka.n.se.n	新幹線	映画(えいが) e.i.ga	電影
新鮮(しんせん) shi.n.se.n	新鮮的	手紙(てがみ) te.ga.mi	信
寿司(すし) su.shi	壽司	切手(きって) ki.t.te	郵票
慣(な)れる na.re.ru	習慣	引(ひ)き出(だ)し hi.ki.da.shi	抽屜

例句

新幹線(しんかんせん)は	とても**速(はや)い** （イ形）	のです。	新幹線是非常快的。
日本(にほん)の秋(あき)は	本当(ほんとう)に**美(うつく)しい** （イ形）	のです。	日本的秋天是真的很美的。
新鮮(しんせん)なお寿司(すし)は	とても**おいしい** （イ形）	のです。	新鮮的壽司是非常美味的。
来年(らいねん)は	日本(にほん)に**行(い)く** （五動）	のです。	（我）明年是打算要去日本的。
今日(きょう)は	映画(えいが)に**行(い)く** （五動）	のです。	今天是打算要去看電影的。
この手紙(てがみ)は	東京(とうきょう)に**出(だ)す** （五動）	のです。	這封信是要寄到東京的。
切手(きって)は	引(ひ)き出(だ)しの中(なか)に**ある** （五動）	のです。	郵票是在抽屜裡面的。
彼(かれ)は	もう**慣(な)れている** （下動・慣れる）	のです。	他是已經習慣了的。

3

彼女(かのじょ)はいい子(こ)でした
她以前是個好孩子

句型架構

主詞は	+	名詞 ナ形容詞語幹	+	でした

彼女(かのじょ)は	いい子(こ)	でした
她 是	好孩子	（過去肯定）

解說

「～以前是～」。

「でした」是「です」的過去式，表示過去肯定。

單字介紹

食堂(しょくどう) sho.ku.do.o	餐廳	選手(せんしゅ) se.n.shu	選手
若い頃(わかいころ) wa.ka.i.ko.ro	年輕時	ちび chi.bi	小不點
看護婦(かんごふ) ka.n.go.fu	護士	美人(びじん) bi.ji.n	美女

例句

昨日(きのう)は	**日曜日(にちようび)** （名）	でした。	昨天是星期日。
前(まえ)は	**食堂(しょくどう)** （名）	でした。	（這裡）以前是間餐館。
おじいちゃんは	**先生(せんせい)** （名）	でした。	爺爺以前是老師。
おばあちゃんは	若(わか)い頃(ころ) **看護婦(かんごふ)** （名）	でした。	奶奶年輕時是個護士。
彼(かれ)は	**サッカー選手(せんしゅ)** （名）	でした。	他以前是足球選手。
私(わたし)は	**ちび** （名）	でした。	我以前是個矮冬瓜。
お姉(ねえ)ちゃんは	**美人(びじん)** （名）	でした。	姊姊以前是個美女。
彼(かれ)は	水泳(すいえい)が **上手(じょうず)** （ナ形）	でした。	他以前很會游泳。

4

人間(にんげん)は昔(むかし)サルだったのです
人類以前是猴子

句型架構 主詞は ＋ 名詞 ＋ だったの(ん)です

人間(にんげん)は	昔(むかし)	サル	だったのです
人類是	以前	猴子	(過去肯定)

解說 「～以前是～(的)」。

「**だ**」的過去式是「**だった**」，大多用於與關係較親密的朋友…等說話時。

例 **サルだ→サルだった**(過去式)

單字介紹

スパイ su.pa.i	間諜	**誕生日(たんじょうび)** ta.n.jo.o.bi	生日
嘘(うそ) u.so	謊話	**パイロット** pa.i.ro.t.to	飛行員
女優(じょゆう) jo.yu.u	女演員	**恥(は)ずかしがり屋(や)** ha.zu.ka.shi.ga.ri.ya	容易害羞的人

例句

彼(かれ)は	スパイ	だったのです。	他以前是間諜。
その話(はなし)は	嘘(うそ)	だったのです。	那件事是騙你的。
彼女(かのじょ)は	昔(むかし) 女優(じょゆう)	だったのです。	她以前是演員。
ここは	公園(こうえん)	だったのです。	這裡以前是公園。
昨日(きのう)は	日曜日(にちようび)	だったのです。	昨天是星期日。
昨日(きのう)は	彼(かれ)の誕生日(たんじょうび)	だったのです。	昨天是他的生日。
あの人(ひと)は	若(わか)い時(とき)パイロット	だったのです。	那個人年輕時是飛行員。
彼(かれ) は	以前(いぜん)恥(は)ずかしがり屋(や)	だったのです。	他以前是個容易害羞的人。

5

お兄(にい)さんが食(た)べたのです
是哥哥吃掉的

句型架構

主詞 が ＋ 動詞た形 ＋ た（だ） ＋ のです

お兄(にい)さんが	食(た)べた	のです
哥哥是	吃了	（肯定）

「食べ」是下一段動詞「食べる」的た形。

解說　「～是～的」、「～了」。表示過去或完了。

例 食(た)べる（辭書形）/ 吃
食(た)べた（た形）/ 吃了

單字介紹

泥棒(どろぼう) do.ro.bo.o	小偷	明細(めいさい) me.i.sa.i	明細
遭難(そうなん) so.o.na.n	遇難	届(とど)く to.do.ku	送達
火事(かじ) ka.ji	火災	衝突(しょうとつ) sho.o.to.tsu	衝撞

例句

泥棒（どろぼう）が	入（はい）った （五動・入る）	のです。	小偷闖了進來。
それは私（わたし）が	やった （五動・やる）	のです。	那件事是我做的。
雪（ゆき）で 電車（でんしゃ）が	止（と）まった （五動・止まる）	のです。	電車因為下雪而停駛了。
山（やま）で 遭難（そうなん）が	あった （五動・ある）	のです。	（有人）在山上遇難了。
昨夜（さくや） 火事（かじ）が	あった （五動・ある）	のです。	昨晚發生了火災。
ここで電車（でんしゃ）の衝突（しょうとつ）が	あった （五動・ある）	のです。	電車是在這裡發生了衝撞。
カードの明細（めいさい）が	届（とど）いた （五動・届く）	のです。	信用卡的明細寄來了。
干（ほ）していたふとんが	落（お）ちた （上動・落ちる）	のです。	曬好的棉被掉下來。

6

この木(き)は大(おお)きくありません
這棵樹不大

句型架構

主詞 は ＋ イ形容詞語幹く ＋ ありません

この木(き)は	大(おお)きく	ありません
這棵樹	大	不

解說

イ形容詞的ない形，只要將字尾的「い」改成「く」再接「ありません」就可以了。一般口語說法則接「ない」。

例 大(おお)きい→大(おお)きくありません（本句型）
→大(おお)きくない（口語說法）

單字介紹

ジャケット ja.ke.t.to	夾克	部屋(へや) he.ya	房間

例句

今日(きょう)は　寒(さむ)く　ありません。　今天不冷。

今年(ことし)の夏(なつ)は　熱(あつ)く　ありません。　今年夏天不熱。

この部屋(へや)は　暗(くら)く　ありません。　這間房間不暗。

私(わたし)の髪(かみ)の毛(け)は　多(おお)く　ありません。　我的頭髮不多。

このジャケットは　高(たか)く　ありません。　這件夾克不貴。

彼女(かのじょ)の料理(りょうり)は　おいしく　ありません。　她做的菜不好吃。

彼女(かのじょ)は　もう若(わか)く　ありません。　她已經不年輕了。

私(わたし)の日本語(にほんご)は　あまりうまく　ありません。　我的日文不是很好。

7

彼(かれ)は日本人(にほんじん)ではありません
他不是日本人

句型架構

主詞 は	+	名詞	+	ではありません
彼(かれ)は		日本人(にほんじん)		ではありません
他		日本人		不是

解說 「**ではありません**」是「**です**」的否定。簡單的口語可說成「**じゃありません**」。

例 彼(かれ)は日本人(にほんじん)**です**。/ 他**是**日本人。

→彼(かれ)は日本人(にほんじん)**ではありません**。/ 他**不是**日本人。

例 彼(かれ)は日本人(にほんじん)**ではありません**→彼(かれ)は日本人(にほんじん)**じゃありません**

（口語用法）

單字介紹

けいさつ **警察** ke.i.sa.tsu	警察	せっ **石けん** se.k.ke.n	肥皂
ゆうえんち **遊園地** yu.u.e.n.chi	遊樂園	いっぽうつうこう **一方通行** i.p.po.o.tsu.u.ko.o	單行道
りゅうがくせい **留学生** ryu.u.ga.ku.se.i	留學生	りょう **寮** ryo.o	宿舍

例句

私(わたし)の兄(あに)は	**警察(けいさつ)** (名)	**ではありません。**	我的哥哥不是警察。
今日(きょう)は	**金曜日(きんようび)** (名)	**ではありません。**	今天不是星期五。
病院(びょういん)は	**あそこ** (代名)	**ではありません。**	醫院不是在那邊。
学校(がっこう)は	**遊園地(ゆうえんち)** (名)	**ではありません。**	學校不是遊樂園。
あの人(ひと)は	**悪(わる)い人(ひと)** (名)	**ではありません。**	那個人不是壞人。
石(せ)っけんは	**食(た)べ物(もの)** (名)	**ではありません。**	肥皂不是食物。
この道(みち)は	**一方通行(いっぽうつうこう)** (名)	**ではありません。**	這條路不是單行道。
ここは	**留学生(りゅうがくせい)の寮(りょう)** (名)	**ではありません。**	這裡不是留學生宿舍。

8

彼(かれ)は怒(おこ)っているのではありません
他並沒有在生氣

句型架構

主詞は ＋ 動詞ている形・動詞普通体 ＋ のではありません

彼(かれ)は	怒(おこ)っている	のではありません
他	正在生氣	並沒有

解說

「～並沒有」、「並不是」。

動詞普通体指的是動詞的辭書形、**ない**形、**た**形…等。一般使用於同輩、朋友或關係較為親密的人。

例 **怒(おこ)る**、**怒(おこ)らない**、**怒(おこ)った**都是屬於動詞的普通体。

單字介紹

腐(くさ)る ku.sa.ru	腐壞	無視(むし)する mu.shi.su.ru	視而不見
約束(やくそく) ya.ku.so.ku	約定	破(やぶ)る ya.bu.ru	撕破、破壞

例句

彼女(かのじょ)は **泣(な)いている** のではありません。
（五動・泣く）
她並沒有在哭。

牛乳(ぎゅうにゅう)は **腐(くさ)っている** のではありません。
（五動・腐る）
牛奶並沒有壞掉。

この時計(とけい)は **壊(こわ)れている** のではありません。
（下動・壊れる）
這個時鐘並沒有壞。

彼女(かのじょ)は わざと**無視(むし)している** のではありません。
（サ変・無視する）
她並不是故意視而不見的。

私(わたし)は **帰(かえ)る** のではありません。
（五動）
我並沒有要回去。

それは 私(わたし)が**した** のではありません。
（サ変・する）
那並不是我做的。

それは 私(わたし)が**言(い)った** のではありません。
（五動・言う）
那並不是我說的。

彼(かれ)は 約束(やくそく)を**破(やぶ)った** のではありません。
（五動・破る）
他並沒有爽約。

9

あの店(みせ)のラーメンはおいしいにちがいありません
那家店的拉麵一定很好吃

句型架構

主詞 は ＋ イ形容詞・動詞普通体 に / 名詞 に ＋ ちがいありません

あの店(みせ)のラーメンは	おいしいに	ちがいありません
那家店的拉麵	好吃	一定

解說

「～一定～」表示相當確信、肯定的語氣。

「**違(ちが)いません**」是「**違(ちが)う**」的否定。「**違(ちが)う**」的意思是「錯誤、不同、不符」，所以「**違(ちが)いありません**」就是「沒有錯（正確的）」，在本句型中譯成「一定」。

單字介紹

値段(ねだん) ne.da.n	價錢	梅雨(つゆ) tsu.yu	梅雨季
カンニング ka.n.ni.n.gu	作弊（cunning）	犯人(はんにん) ha.n.ni.n	犯人
かけっこ ka.ke.k.ko	賽跑		

例句

値段（ねだん）は	**高（たか）い**に （イ形）	ちがいありません。 價格一定很貴。
海（うみ）の水（みず）は	**冷（つめ）たい**に （イ形）	ちがいありません。 海水一定很冰涼。
今日（きょう）は	雨（あめ）が**降（ふ）る**に （五動）	ちがいありません。 今天一定會下雨。
梅雨（つゆ）は	もう**去（さ）った**に （五動・去る）	ちがいありません。 梅雨季節一定已經過了。
彼（かれ）は	カンニングを**した**に （サ変・する）	ちがいありません。 他一定是作了弊。
あの人（ひと）は	**日本人（にほんじん）**に （名）	ちがいありません。 那個人一定是日本人。
あいつは	**犯人（はんにん）**に （名）	ちがいありません。 那傢伙一定是犯人。
かけっこは	私（わたし）が**一番（いちばん）**に （名）	ちがいありません。 賽跑我一定跑第一。

10

どうしてですか
為什麼呢？

句型架構 （主詞は）＋ 疑問詞 ＋ ですか

どうして　ですか
為什麼　呢?

解說 日文的疑問主要有以下幾個：

① **どちら・どこ** → 哪裡？
② **いつ** → 何時？
③ **どう** → 如何？
④ **なに・なん** → 什麼？
⑤ **どなた・誰(だれ)** → 哪一位、誰？
⑥ **どうして・なぜ** → 為什麼？
⑦ **どちら・どれ** → 哪一個？

另外，疑問詞也可以單獨使用，不過記得此時的語調要上揚。例如：誰(だれ)？↗

單字介紹

ゆうびんきょく **郵便局** yu.u.bi.n.kyo.ku	郵局	うんどうかい **運動会** u.n.do.o.ka.i	運動會

例句

(あの人(ひと)は)	誰(だれ)	ですか。	（那個人是）誰呢？
(あれは)	なん	ですか。	（那是）什麼呢？
(郵便局(ゆうびんきょく)は)	どこ	ですか。	（郵局）在哪裡呢？
(この本(ほん)は)	どう	ですか。	你覺得（這本書）如何呢？
(運動会(うんどうかい)は)	いつ	ですか。	（運動會是）什麼時候呢？
(これは)	いくら	ですか。	（這個）多少錢呢？
(あなたは)	どなた	ですか。	（您是）哪一位呢？
(お茶(ちゃ)は)	いかが	ですか。	要不要（喝茶）呢？

11

誰（だれ）が好（す）きですか
你喜歡誰呢？

句型架構

疑問詞が ＋ ナ形容詞語幹・名詞 / イ形容詞普通体 ＋ ですか

誰（だれ）が	好（す）き	ですか
誰	喜歡	呢?

解說　疑問詞當主詞時，下面接的（格）助詞一定要用「が」，回答時記得也要用「が」喔！例：

A：誰（だれ）**が**好（す）きですか。/（你）喜歡誰呢？

（あなたは誰（だれ）**が**好（す）きですか。主詞常會被省略）

B：玉木（たまき）さん**が**好（す）きです。/ 我喜歡玉木先生。

單字介紹

有名（ゆうめい） yu.u.me.i	有名的

例句

なにが	好(す)き （ナ形）	ですか。	（你）喜歡什麼呢？
どちらが	有名(ゆうめい) （ナ形）	ですか。	哪一個比較有名呢？
誰(だれ)が	犯人(はんにん) （名）	ですか。	誰是犯人呢？
いつが	お休(やす)み （名）	ですか。	什麼時候休假呢？
どこが	おすすめ （名）	ですか。	（你）推薦哪裡呢？
どなたが	先生(せんせい) （名）	ですか。	哪一位是老師呢？
どなたが	お母様(かあさま) （名）	ですか。	哪一位是您母親呢？
どれが	おいしい （イ形）	ですか。	哪一個比較好吃呢？

12

あなたは学生(がくせい)ですか
你是學生嗎？

句型架構

主詞は	+	名詞・ナ形容詞語幹 イ形容詞辭書形	+	ですか
あなたは		学生(がくせい)		ですか
你是		學生		嗎?

解說　「**は**」是接在主詞後面的助詞，相當於中文的「是」。

「**です**」表示肯定，只要在「**です**」後面加上「**か**」就變成疑問句了。

例 彼(かれ)は大学生(だいがくせい)**です**。/ 他**是**大學生。
（肯定）

→彼(かれ)は大学生(だいがくせい)**ですか**。/ 他**是**大學生**嗎**？
（疑問）

單字介紹

芸能人(げいのうじん) ge.i.no.o.ji.n	藝人	暇(ひま) hi.ma	空暇的
海苔(のり) no.ri	海苔		

例句

あなたは　山本(やまもと)さん（名）　ですか。　妳是山本小姐嗎？

あの人(ひと)は　芸能人(げいのうじん)（名）　ですか。　那個人是藝人嗎？

それは　あなたの本(ほん)（名）　ですか。　那是你的書嗎？

これは　あなたのかばん（名）　ですか。　這是你的包包嗎？

明日(あした)の夜(よる)は　暇(ひま)（名／ナ形）　ですか。　明天晚上（是）有空嗎？

それは　ほんとう（名／ナ形）　ですか。　那是真的嗎？

その店(みせ)は　大(おお)きい（イ形）　ですか。　那間店（是）很大嗎？

韓国(かんこく)の海苔(のり)は　おいしい（イ形）　ですか。　韓國的海苔（是）好吃嗎？

13

あの人は宇多田（うただ）ひかるではありませんか
那個人不就是宇多田光嗎？

句型架構

主詞は	+	名詞・ナ形容詞語幹	+	ではありませんか
あの人は		宇多田（うただ）ひかる		ではありませんか
那個人		宇多田光		不是嗎?

解說

「**ではありませんか**」在口語中，男性可說成「**～じゃないか**」，女性可說成「**～じゃない**」「**～じゃないの**」。

例 あの人（ひと）は宇多田（うただ）ヒカル**じゃないか**。 ♂
那個人不就是宇多田光嗎？

あの人（ひと）は宇多田（うただ）ヒカル**じゃない(の)**。 ♀
那個人不就是宇多田光嗎？

單字介紹

しゅしょう 首相 shu.sho.o	首相	みつゆにゅう 密輸入 mi.tsu.yu.nyu.u	走私
だいとうりょう 大統領 da.i.to.o.ryo.o	總統	けっこんきねんび 結婚記念日 ke.k.ko.n.ki.ne.n.bi	結婚紀念日
ひとりぐ 一人暮らし hi.to.ri.gu.ra.shi	一個人生活	ふあん 不安 fu.a.n	不安

例句

あの方（かた）は 首相（しゅしょう）（名） ではありませんか。
那個人不就是首相嗎？

これは 密輸入（みつゆにゅう）（名） ではありませんか。
這不就是走私嗎？

あれは 101（いちまるいち）ビル（名） ではありませんか。
那不就是 101 大樓嗎？

あの人（ひと）は サッカー選手（せんしゅ）（名） ではありませんか。
那個人不就是足球選手嗎？

あの人（ひと）は 大統領（だいとうりょう）の息子（むすこ）（名） ではありませんか。
那個人不就是總統的兒子嗎？

結婚記念日（けっこんきねんび）は 今日（きょう）（名） ではありませんか。
結婚紀念日不就是今天嗎？

一人暮（ひとりぐ）らしは 不安（ふあん）（名／ナ形） ではありませんか。
一個人住不是很不安嗎？

男（おとこ）と女（おんな）は 同（おな）じ（ナ形） ではありませんか。
男和女不是都一樣嗎？

14

何を食べるのですか
要吃什麼呢？

句型架構

疑問詞 を・に・で・へ ＋ 動詞辞書形 ＋ の(ん)ですか

なにを	食べる	のですか
什麼	吃	呢？

解說

1.「を」動作的對象。例 テレビを見ます。／看電視。

2.「へ」移動的方向或目的地。例 日本へ行きます。／去日本。

3.「に」①存在場所。例 学生は教室にいます。／學生在教室裡。②動作時間。例 6時に起きます。／6點起床。③動作的到達點。例 東京に着きます。／抵達東京。④動作對象。例 友達に話す。／對朋友說。

4.「で」①動作或活動的場所。例 教室で勉強します。／在教室裡讀書。②方法、手段。例 電話で知らせる。／用電話通知。

單字介紹

連れて行く 帶著去
tsu.re.te.i.ku

例句

何（なに）を　買（か）う（五動）　のですか。　（你）要買什麼呢？

誰（だれ）を　連（つ）れて行（い）く（五動）　のですか。　（你）要帶誰去呢？

どこへ　出（だ）す（五動）　のですか。　（那封信）要寄到哪裡去呢？

何時（なんじ）に　帰（かえ）る（五動）　のですか。　（你）要幾點回家呢？

どこに　行（い）く（五動）　んですか。　（你）要去哪裡呢？

何（なに）に　乗（の）る（五動）　んですか。　要搭什麼（交通工具）呢？

誰（だれ）に　言（い）う（五動）　んですか。　要跟誰說呢？

どこで　会（あ）う（五動）　んですか。　要在哪裡碰面呢？

15

ママはいつ出掛(でか)けたのでしょう
媽媽什麼時候出門了呢？

句型架構

主詞は ＋ 疑問詞 ＋ 動詞普通体 ＋ の(ん)でしょう

ママは	いつ	出掛(でか)けた	のでしょう
媽媽	什麼時候	出門了	呢？

「出掛け」是下一段動詞「出掛ける」的た形。

解說

「疑問詞＋の(ん)でしょう」，表示推測的疑問語氣。利用疑問詞將疑問的事物、事態表現出來。

單字介紹

地球(ちきゅう) chi.kyu.u	地球	卒業(そつぎょう)する so.tsu.gyo.o.su.ru	畢業
帰(かえ)って来(く)る ka.e.t.te.ku.ru	回來	心配(しんぱい)する shi.n.pa.i.su.ru	擔心

例句

映画（えいが）は　いつ　始（はじ）まる（五動）　のでしょう。

電影什麼時候開始呢？

地球（ちきゅう）は　どうして　回（まわ）る（五動）　のでしょう。

地球為什麼會旋轉呢？

あの人（ひと）は　なぜ　怒（おこ）る（五動）　のでしょう。

那個人為什麼生氣呢？

パパは　なんで　車（くるま）を買（か）った（五動・買う）　のでしょう。

爸爸為什麼買了車呢？

この本（ほん）は　どうして　売（う）れる（下動）　んでしょう。

這本書為什麼會暢銷呢？

彼（かれ）は　いつ　卒業（そつぎょう）する（サ変）　んでしょう。

他什麼時候畢業呢？

お母（かあ）さんは　どれだけ　心配（しんぱい）した（サ変・心配する）　んでしょう。

媽媽不知道有多擔心呢？

彼女（かのじょ）は　なぜ　帰（かえ）って来（こ）ない（カ変・来る）　んでしょう。

她為什麼不回來呢？

16

これはいくらなのでしょうか
這個多少錢呢？

句型架構

主詞は ＋ 疑問詞 ＋ なの / なんでしょうか

これは	いくら	なのでしょうか
這	多少錢	呢？

解說

本句型與「～ですか」的意思相同，但本句型的語氣聽起來更加委婉有禮貌。

例 これはいくら**ですか**。
＝これはいくら**なんでしょうか**。
這個多少錢呢？

單字介紹

作り方（つくかた） tsu.ku.ri.ka.ta	作法	出来具合（できぐあい） de.ki.gu.a.i	成果
荷物（にもつ） ni.mo.tsu	行李	旅費（りょひ） ryo.hi	旅費
グラム gu.ra.mu	公克（gram）		

例句

彼女(かのじょ)は　何歳(なんさい)　なのでしょうか。　她幾歳呢？

作(つく)り方(かた)は　どう　なのでしょうか。　作法是什麼呢？

出来具合(できぐあい)は　どう　なのでしょうか。　成果如何呢？

今(いま)は　何時頃(なんじごろ)　なのでしょうか。　現在大概幾點呢？

このケーキは　いくら　なんでしょうか。　這個蛋糕多少錢呢？

荷物(にもつ)は　どのくらい　なんでしょうか。　行李大概有多少呢？

旅費(りょひ)は　どのくらい　なんでしょうか。　旅費大概要多少錢呢？

1(いち)グラムは　どのくらい　なんでしょうか。　一克大概多少呢？

17

ほんとうに見(み)えるでしょうか
真的看得見嗎？

句型架構 ほんとうに ＋ 動詞・イ形容詞普通体／名詞・ナ形容詞語幹 ＋ でしょうか

ほんとうに	見(み)える	でしょうか
真的	看得見	嗎？

解說 「本当(ほんとう)に」的意思是「真的、確實」。

「**でしょう**」加上「**か**」，除了表示說話者的推測之外，也帶有詢問他人的意思。

單字介紹

晴(は)れる ha.re.ru	放晴
必要(ひつよう) hi.tsu.yo.o	需要的

例句

ほんとうに　間違(まちが)いない（五動・間違う）　でしょうか。　真的沒有錯嗎？

ほんとうに　晴(は)れる（下動）　でしょうか。　真的會放晴嗎？

ほんとうに　食(た)べられる（可下動）　でしょうか。　真的可以吃嗎？

ほんとうに　来(き)てくれる（複下動）　でしょうか。　真的會來嗎？

ほんとうに　安(やす)い（イ形）　でしょうか。　真的便宜嗎？

ほんとうに　おいしい（イ形）　でしょうか。　真的好吃嗎？

ほんとうに　必要(ひつよう)（名／ナ形）　でしょうか。　真的有需要嗎？

ほんとうに　大丈夫(だいじょうぶ)（ナ形）　でしょうか。　真的沒問題嗎？

18

天気予報(てんきよほう)はほんとうでしょうか
氣象預報是真的嗎？

句型架構

主詞は	+ ほんとう	+ でしょうか
天気予報(てんきよほう)は	ほんとう	でしょうか
天氣預報是	真的	嗎？

解說

「～是真的嗎？」。

此句型與「**～は本当(ほんとう)ですか**／～是真的嗎？」意思相同，但語氣更加委婉有禮貌。

單字介紹

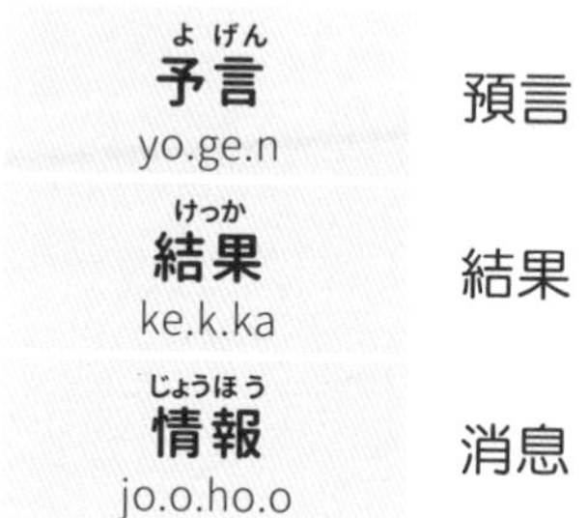

予言(よげん) yo.ge.n	預言
結果(けっか) ke.k.ka	結果
情報(じょうほう) jo.o.ho.o	消息

例句

それは　ほんとう　でしょうか。　那是真的嗎？

予言（よげん）は　ほんとう　でしょうか。　預言是真的嗎？

うわさは　ほんとう　でしょうか。　傳言是真的嗎？

その話（はなし）は　ほんとう　でしょうか。　那件事是真的嗎？

その情報（じょうほう）は　ほんとう　でしょうか。　那則消息是真的嗎？

その結果（けっか）は　ほんとう　でしょうか。　那個結果是真的嗎？

あのニュースは　ほんとう　でしょうか。　那則新聞是真的嗎？

彼（かれ）が言（い）っていることは　ほんとう　でしょうか。　他說的話是真的嗎？

19

あの人(ひと)がお金(かね)を返(かえ)すものですか
那個人怎麼可能還錢

句型架構

主詞	+	動詞・イ形容詞辞書形／ナ形容詞語幹な	+	もの(もん)ですか
あの人(ひと)が		お金(かね)を返(かえ)す		ものですか
那個人		還錢		怎麼可能

解說

「怎麼可能」通常用於強烈地否定對方的話或想法時。

「**～ものですか**」的「**の**」，在口語中可念成「**ん**」的音。所以也可以說成「**～もんですか**」、「**もんか**」。

單字介紹

病気(びょうき) byo.o.ki	病
治(なお)る na.o.ru	治癒
簡単(かんたん) ka.n.ta.n	簡單
騙(だま)される da.ma.sa.re.ru	被騙

例句

そんなことが	**ある** （五動）	ものですか。	怎麼可能會有那種事。
病気（びょうき）が	**簡単（かんたん）に治（なお）る** （五動）	ものですか。	病怎麼可能那麼簡單就醫好。
彼（かれ）が	**騙（だま）される** （被五動）	ものですか。	他怎麼可能被騙。
そんなことが	**出来（でき）る** （上動）	ものですか。	怎麼可能做得出那種事。
私（わたし）が	**あきらめる** （下動）	ものですか。	我怎麼可能會放棄。
そんなものが	**買（か）える** （可五動）	ものですか。	那種東西怎麼可能買得起。
あの男（おとこ）が	**やさしい** （イ形）	ものですか。	那個男人怎麼可能溫柔。
そんなものが	**必要（ひつよう）**な （ナ形）	もんですか。	怎麼可能需要那種東西。

20

お父(とう)さんは怒(おこ)ることがありますか
爸爸有時會生氣嗎？

句型架構

主詞は	+	動詞辭書形・ている形	+	ことがありますか
お父(とう)さんは		怒(おこ)る		ことがありますか
爸爸		生氣		有嗎？

解說

「～（有時）會～嗎？」。

當「**ことがありますか**」的前面接動詞**た**形（過去式）時，意思又完全不同了。

請參考句型 151。

單字介紹

タバコを吸(す)う ta.ba.ko.wo.su.u	抽菸
うたた寝(ね)をする u.ta.ta.ne.wo.su.ru	打瞌睡
本屋(ほんや) ho.n.ya	書店
物忘(ものわす)れをする mo.no.wa.su.re.wo.su.ru	忘記東西

例句

お父(とう)さんは　タバコを**吸(す)う**　ことがありますか。
（五動）
你爸爸有時會抽菸嗎？

彼(かれ)は　最近(さいきん)本屋(ほんや)に**行(い)く**　ことがありますか。
（五動）
他最近有時會去書店嗎？

あなたは　この頃(ごろ)田中(たなか)さんに**会(あ)う**　ことがありますか。
（五動）
你最近有時會跟田中先生碰面嗎？

あなたは　最近(さいきん)**悩(なや)んでいる**　ことがありますか。
（五動・悩む）
你最近有煩惱嗎？

あなたは　一人(ひとり)で映画(えいが)を**見(み)る**　ことがありますか。
（上動）
你有時會一個人去看電影嗎？

あなたは　授業(じゅぎょう)でうたた寝(ね)を**する**　ことがありますか。
（サ変）
你有時會在課堂上打瞌睡嗎？

あなたは　物忘(ものわす)れを**する**　ことがありますか。
（サ変）
你有時會忘記東西嗎？

あなたは　パーティーに**参加(さんか)する**　ことがありますか。
（サ変）
你有時會去參加派對嗎？

21

図書館(としょかん)は静(しず)かだと思(おも)います
我想圖書館應該很安靜

句型架構

（主詞）	+	ナ形容詞語幹・名詞だ／動詞・イ形容詞普通体	+	と思(おも)います
図書館(としょかん)は		静(しず)かだ		と思(おも)います
圖書館		安靜		（我）想、認為

解說 表示說話者主觀的判斷、意見。「思う」的意思是「想、認為、覺得…」。不過本句型只能用來表示自己的判斷或意見，如果想表達他人的判斷或意見時，則要用「～思っています」。

例 木村(きむら)さんは来(こ)ないと**思(おも)います**。我覺得木村先生不會來。
（主詞是我（省略）我覺得）

例 彼(かれ)は木村(きむら)さんは来(こ)ないと**思(おも)っています**。他覺得木村先生不會來。
（主詞是他，他覺得）

單字介紹

絶対(ぜったい) ze.t.ta.i	絕對
資料(しりょう) shi.ryo.o	資料
パソコン pa.so.ko.n	電腦 (personal computer)
多分(たぶん) ta.bu.n	大概、應該

例句

絶対彼だ（名）と思います。

我想絕對是他。

まだ店は開いていない（補動・ている）と思います。

我想店應該還沒開。

このパソコンは使いやすい（五動・使う）と思います。

我覺得這台電腦很好操作。

この資料は分かりやすい（五動・分かる）と思います。

我覺得這份資料很容易懂。

彼なら分かってくれる（補動）と思います。

我想他會了解的。

きっと来る（カ変）と思います。

我想（他）一定會來。

多分おいしい（イ形）と思います。

我想應該很好吃。

コーヒーの淹れ方は難しい（イ形）と思います。

我覺得泡咖啡很難。

22

明日（あした）は雨（あめ）だろうと思（おも）います
我想明天可能會下雨吧！

句型架構

主詞は	+	名詞・ナ形容詞語幹／動詞・イ形容詞辭書形だろう	+	と思（おも）います

明日（あした）は	雨（あめ）だろう	と思（おも）います
明天	下雨吧！	我想

解說 「～だろう」表示說話者的推測程度比「**～かもしれません**／也許（句型 29）來得高。

例 明日（あした）は雨（あめ）**だろう**と思（おも）います。
我想明天可能會下雨吧！（程度較高）

例 明日（あした）は雨（あめ）が降（ふ）る**かもしれません**。
明天也許會下雨。（程度較低）

單字介紹

来週（らいしゅう） ra.i.shu.u	下禮拜
仕上がる（しあがる） shi.a.ga.ru	完成

例句

明日(あした)は	雪(ゆき)だろう （名）	と思(おも)います。	我想明天可能會下雪吧。
今日(きょう)は	暇(ひま)だろう （名／ナ形）	と思(おも)います。	我想今天應該有空吧。
来週(らしゅう)には	終(お)わるだろう （五動）	と思(おも)います。	我想下禮拜應該會結束吧。
午後(ごご)には	仕上(しあ)がるだろう （五動）	と思(おも)います。	我想下午應該會完成吧。
明日(あした)は	寒(さむ)いだろう （イ形）	と思(おも)います。	我想明天可能會很冷吧。
彼(かれ)は	寂(さび)しいだろう （イ形）	と思(おも)います。	我想他應該很寂寞吧。
あの映画(えいが)は	面白(おもしろ)いだろう （イ形）	と思(おも)います。	我想那部電影應該很有趣吧。
彼女(かのじょ)は	うれしいだろう （イ形）	と思(おも)います。	我想她應該會很高興吧。

23

かわいいですね
很可愛呢！

句型架構

イ形容詞辭書形／名詞・ナ形容詞語幹	+	ですね
かわいい		ですね
很可愛		呢！

解說

「ね」放在句尾，有尋求對方贊同自己的意見、確認對方想法的語氣。

單字介紹

昼食（ちゅうしょく） chu.u.sho.ku	午餐
親切（しんせつ） shi.n.se.tsu	親切的
ピアノ pi.a.no	鋼琴

例句

今日（きょう）は	**寒（さむ）い** （イ形）	ですね。	今天很冷呢！
あの人（ひと）は	**かっこいい** （イ形）	ですね。	那個人很帥呢！
この部屋（へや）は	**涼（すず）しい** （イ形）	ですね。	這間房間很涼爽呢！
コンサートは	**楽（たの）しい** （イ形）	ですね。	演唱會很好玩呢！
そのトマトは	とても**赤（あか）い** （イ形）	ですね。	那顆番茄很紅呢！
	もう昼食（ちゅうしょく）の**時間（じかん）** （名）	ですね。	午餐時間已經到了呢！
彼（かれ）は	ピアノが**上手（じょうず）** （ナ形）	ですね。	他很會彈鋼琴呢！
彼（かれ）は	とても**親切（しんせつ）** （ナ形）	ですね。	他很親切呢！

24

あの番組(ばんぐみ)は面白(おもしろ)かったですね

那個節目挺有趣的呢！

句型架構

主詞は	+ イ形容詞た形 + た	+ ですね
あの番組(ばんぐみ)は	面白(おもしろ)かった	ですね
那個節目	有趣	呢！

「面白かっ」是イ形容詞「面白い」的た形。

解說

「**イ**形容詞**た**形＋**た**」表示過去。
將**イ**形容詞語尾的「**い**」去掉，加「**かった**」就可以了。
句尾的「**ね**」，則含有推測的語氣。

單字介紹

注射(ちゅうしゃ) chu.u.sha	打針
コンサート ko.n.sa.a.to	演唱會 (concert)
臭豆腐(しゅうどうふ) shu.u.do.o.fu	臭豆腐
ドーム do.o.mu	巨蛋 (dome)

例句

注射（ちゅうしゃ）は　痛（いた）かった　ですね。　打針很痛呢！
（痛い）

臭豆腐（しゅうどうふ）は　臭（くさ）かった　ですね。　臭豆腐很臭呢！
（臭い）

山（やま）の上（うえ）は　寒（さむ）かった　ですね。　山上很冷呢！
（寒い）

昨日（きのう）のコンサートは　よかった　ですね。　昨天的演唱會很精彩呢！
（良い）

旅行（りょこう）は　楽（たの）しかった　ですね。　旅行很好玩呢！
（楽しい）

あのドームは　大（おお）きかった　ですね。　那個巨蛋很大呢！
（大きい）

この間（あいだ）の映画（えいが）は　面白（おもしろ）かった　ですね。　之前看的電影很有趣呢！
（面白い）

太陽（たいよう）の光（ひかり）は　まぶしかった　ですね。　陽光很刺眼呢！
（まぶしい）

25

このりんごはおいしいですよ

這顆蘋果很好吃喔！

句型架構

(主詞)	+	イ形容詞辭書形／名詞・ナ形容詞語幹	+	ですよ
(このりんごは)		おいしい		ですよ
(這顆蘋果)		很好吃		哦！

解說

「よ」放在句尾，通常用來表示加強語氣。另外，當贊成對方的意思或要提醒對方時也可以使用「よ」。相當於中文的「哦」、「啊」、「囉」。

單字介紹

北海道（ほっかいどう） ho.k.ka.i.do.o	北海道
ぺらぺら pe.ra.pe.ra	流利

例句

	いい （イ形）	ですよ。	好啊！（表示同意、贊成）。
（台湾(たいわん)は）	**暑(あつ)い** （イ形）	ですよ。	（台灣）很熱哦！
（北海道(ほっかいどう)は）	**寒(さむ)い** （イ形）	ですよ。	（北海道）很冷哦！
（あの人(ひと)の部屋(へや)は）	**汚(きたな)い** （イ形）	ですよ。	（那個人的房間）好髒哦！
（一人暮(ひとりぐ)らしは）	**寂(さび)しい** （イ形）	ですよ。	（一個人生活）好寂寞哦！
（彼女(かのじょ)は）	いい**人(ひと)** （名）	ですよ。	（她）是個好人哦！
	昼食(ちゅうしょく)の**時間(じかん)** （名）	ですよ。	午餐時間到了哦！
（彼(かれ)の英語(えいご)は）	**ぺらぺら** （ナ形）	ですよ。	（他的英文）很流利哦！

26

手紙(てがみ)はポストに入(い)れたはずです
信應該已經投入郵筒了

句型架構

（主詞） ＋ 動詞・イ形容詞普通体／ナ形容詞語幹な／名詞の ＋ はずです

手紙(てがみ)は	ポストに入(い)れた	はずです
信	郵筒已經投入	應該

解說　「はず」是名詞，意思是「應該」。表示說話者的判斷，另外也可以用來敘述他人預定的事項。

例　彼女(かのじょ)は来年(らいねん)留学(りゅうがく)する**はずです**。／她預計明年要去留學。

單字介紹

秘密(ひみつ) hi.mi.tsu	秘密
新品(しんぴん) shi.n.pi.n	新品
納得(なっとく) na.t.to.ku	認同

例句

この歌(うた)を聴(き)けば **思(おも)い出(だ)す** はずです。
（五動）
只要聽這首歌，應該會回想起來。

この写真(しゃしん)は 彼(かれ)が**撮(と)った** はずです。
（五動・撮る）
這張照片應該是他拍的。

そのことは 秘密(ひみつ)だと**言(い)った** はずです。
（五動・言う）
我應該有說過這件事是秘密。

彼(かれ)は 知(し)っ**ている** はずです。
（補動）
他應該知道。

お父(とう)さんは 覚(おぼ)え**ている** はずです。
（補動）
爸爸應該還記得。

お母(かあ)さんは **納得(なっとく)できる** はずです。
（サ変・納得する）
媽媽應該可以認同。

新品(しんぴん)なら もっと**きれい**な はずです。
（ナ形）
如果是新品，應該會更漂亮。

今日(きょう)は **休(やす)み**の はずです。
（名）
今天應該放假。

27

彼(かれ)が失敗(しっぱい)するはずはありません
他不可能會失敗

句型架構

主詞が ＋ 動詞・イ形容詞辞書形／ナ形容詞語幹な／名詞の ＋ はずはありません

彼(かれ)が	失敗(しっぱい)する	はずはありません
他	失敗	不可能

解說

「不可能～」。表達說話者的判斷。

也可用「**～ないはずです**」來表達，但否定的語氣較弱。

例 失敗(しっぱい)し**ないはずです**。／應該不會失敗。（否定的語氣較弱）

單字介紹

浮気(うわき) u.wa.ki	外遇
寝不足(ねぶそく) ne.bu.so.ku	睡眠不足
不幸(ふこう) fu.ko.o	不幸

例句

友達（ともだち）が　うそを**つく**（五動）　**はずはありません。**

朋友不可能會說謊的。

彼（かれ）が　そんなことを**言（い）う**（五動）　**はずはありません。**

他不可能會說那種話的。

彼女（かのじょ）が　**あきらめる**（下動）　**はずはありません。**

她不可能會放棄的。

彼（かれ）が　**浮気（うわき）する**（サ変）　**はずはありません。**

他不可能會外遇的。

あの人（ひと）が　そんなことを**する**（サ変）　**はずはありません。**

那個人不可能會做那種事的。

人（ひと）の不幸（ふこう）が　**楽（たの）しい**（イ形）　**はずはありません。**

看到別人不幸不可能會開心的。

今（いま）の仕事（しごと）が　**嫌（きら）い**な（ナ形）　**はずはありません。**

我不可能會討厭現在的工作。

私（わたし）が　**寝不足（ねぶそく）**の（名）　**はずはありません。**

我不可能會睡眠不足的。

28

早く休んだほうがいいでしょう（はや　やす）
早點休息比較好吧！

句型架構

動詞・イ形容詞普通体／名詞の	+	ほうがいいでしょう
早く休んだ（はや　やす）		ほうがいいでしょう
早點休息		比較好吧！

「休ん」是五段動詞「休む」的た形。

解說

「～比較好吧！」。
如果把「**～でしょう**」去掉，變成「**ほうがいい**」時，表示建議對方，「最好～做」的意思。

單字介紹

挑戦する（ちょうせん） cho.o.se.n.su.ru	挑戰
レストラン re.su.to.ra.n	餐廳 (restaurant)
髪型（かみがた） ka.mi.ga.ta	髮型

例句

早（はや）く**行（い）った**　**ほうがいいでしょう。**
（五動・行く）
早點去比較好吧！

あまり**飲（の）まない**　**ほうがいいでしょう。**
（五動・飲む）
不要喝太多比較好吧！

見（み）ない　**ほうがいいでしょう。**
（上動・見る）
不要看比較好吧！

早（はや）く**忘（わす）れた**　**ほうがいいでしょう。**
（下動・忘れる）
早點忘了比較好吧！

どうせ挑戦（ちょうせん）するなら**難（むずか）しい**　**ほうがいいでしょう。**
（イ形）
反正都是要挑戰的話，還是難一點的比較好吧！

この　**ほうがいいでしょう。**
（代名）
這樣比較好吧！

この**髪型（かみがた）の**　**ほうがいいでしょう。**
（名）
這個髮型比較好吧！

あの**レストランの**　**ほうがいいでしょう。**
（名）
那家餐廳比較好吧！

29

土曜日(どようび)は無理(むり)かもしれません
星期六可能不行

句型架構

(主詞は) +	名詞・ナ形容詞語幹／動詞・イ形容詞普通体	+ かもしれません
土曜日(どようび)は	無理(むり)	かもしれません
星期六	不行	可能

解說

「～可能～」、「～也許～」。說話者表達自己的推斷時使用，認為「有這個可能性」。
也可說成「**～かもしれない**」、「**～かもしれん**」、「**かも**」。

例 無理(むり)**かも(しれない／しれん)**。／可能不行。

單字介紹

腕時計(うでどけい) u.de.do.ke.i	手錶	中止(ちゅうし) chu.u.shi	取消
台風(たいふう) ta.i.fu.u	颱風	休講(きゅうこう) kyu.u.ko.o	停課
間に合う(まにあう) ma.ni.a.u	趕上、來得及	電車(でんしゃ) de.n.sha	電車

例句

これは　田中(たなか)さんの**腕時計(うでどけい)**（名）　**かもしれません。**

這可能是田中先生的手錶。

写真(しゃしん)よりも本物(ほんもの)の方(ほう)が　**きれい**（ナ形）　**かもしれません。**

比起照片實品可能比較漂亮。

明日(あした)は　雪(ゆき)**になる**（五動）　**かもしれません。**

明天可能會下雪。

運動会(うんどうかい)は　中止(ちゅうし)**になる**（五動）　**かもしれません。**

運動會可能會取消。

台風(たいふう)のため　明日(あした)休講(きゅうこう)**になる**（五動）　**かもしれません。**

因為颱風明天可能會停課。

風邪(かぜ)を**引(ひ)いた**（五動・引く）　**かもしれません。**

可能感冒了。

電車(でんしゃ)に**間(ま)に合(あ)わない**（五動・間に合う）　**かもしれません。**

可能會趕不上電車。

この店(みせ)のラーメンの方(ほう)が　**おいしい**（イ形）　**かもしれません。**

這間店的拉麵可能比較好吃。

30

先生(せんせい)は来(く)るかどうかわかりません
不知道老師是否會來

句型架構

主詞は ＋ 動詞・イ形容詞辭書形／名詞・ナ形容詞語幹 かどうか ＋ わかりません

先生(せんせい)は	来(く)るかどうか	わかりません
老師	來是否	不知道

解說

「不知道，是否～」。「**わかる**」是五段動詞，意思是「清楚、明白、懂、理解」。

「**わからない**」是「**わかる**」的**ない**形，意思是「不知道、不懂」。

「**～かどうか**」後面大多接「**～わかりません**、**わからない**」、「**～知(し)りません**、**知(し)らない**」…等。

單字介紹

ヒマワリ hi.ma.wa.ri	向日葵
ぶどう bu.do.o	葡萄

例句

雨(あめ)は　降(ふ)るかどうか　わかりません。
（五動）
不知道是否會下雨。

今年(ことし)のヒマワリは　咲(さ)くかどうか　わかりません。
（五動）
不知道今年的向日葵是否會開。

レストランは　開(あ)いているかどうか　わかりません。
（補動）
不知道餐廳是否有開。

私(わたし)は　ケーキを作(つく)れるかどうか　わかりません。
（可五動）
不知道蛋糕我是否做得成。

木村(きむら)さんは　家(いえ)にいるかどうか　わかりません。
（上動）
不知道木村先生是否在家。

このぶどうは　甘(あま)いかどうか　わかりません。
（イ形）
不知道這串葡萄是否會甜。

これは　彼女(かのじょ)のかばんかどうか　わかりません。
（名）
不知道這個包包是否是她的。

この水(みず)は　きれいかどうか　わかりません。
（ナ形）
不知道這個水是否乾淨。

31

<ruby>道<rt>みち</rt></ruby>は<ruby>遠<rt>とお</rt></ruby>いらしいですね
路好像很遠呢！

句型架構

主詞は ＋ イ形容詞・動詞普通体／名詞・ナ形容詞語幹 ＋ らしいですね

道（みち）は	遠（とお）い	らしいですね
路	遠	好像～呢！

解說

「Aは～らしいですね」的意思是「A好像～呢」。是根據客觀的情況所做出的判斷，並不是依自己的想法。「**らしい**」是接尾詞，意思是「像～樣子、像～似的」。「**ね**」通常用來確認或尋求對方的意見、贊同。

單字介紹

癌（がん） ga.n	癌症
国産（こくさん） ko.ku.sa.n	國產
番組（ばんぐみ） ba.n.gu.mi	節目
保証期間（ほしょうきかん） ho.sho.o.ki.ka.n	保固期

例句

この番組(ばんぐみ)は	**面白(おもしろ)い** （イ形）	らしいですね。	這個節目好像很有趣呢！
新幹線(しんかんせん)は	とても**速(はや)い** （イ形）	らしいですね。	新幹線好像很快呢！
軽(かる)い癌(がん)は	**治(なお)る** （五動）	らしいですね。	輕微的癌症好像治得好呢！
石田(いしだ)さんは	どうも**来(こ)ない** （カ変・来る）	らしいですね。	石田先生好像不會來呢！
この紅茶(こうちゃ)は	**国産(こくさん)** （名）	らしいですね。	這紅茶好像是國產的呢！
保証期間(ほしょうきかん)は	**1年間(いちねんかん)** （名）	らしいですね。	保固期好像是1年呢！
今日(きょう)の台北(タイペイ)は	**晴(は)れ** （名）	らしいですね。	今天的台北好像是晴天呢！
あの店(みせ)は	**有名(ゆうめい)** （ナ形）	らしいですね。	那間店好像很有名呢！

32

なんて美（うつく）しい花（はな）でしょう

多麼美麗的花啊！

句型架構

なんて ＋ 名詞・イ形容詞辞書形の(ん)・ナ形容詞語幹なの(なん) ＋ でしょう

なんて	美（うつく）しい花（はな）	でしょう
多麼	美麗的花	啊！

解說

「多麼～啊」、「真是～啊」。表示眼前的事物讓人感動、驚訝、讚嘆。

「**なんて**」是「**なんという**」的意思，相當於中文的「多麼～」。

單字介紹

立派（りっぱ） ri.p.pa	優秀、出色
陽気（ようき） yo.o.ki	爽朗、開朗

例句

なんて	かわいい子供（こども） （名）	でしょう。	多麼可愛的小孩啊！
なんて	きびしい先生（せんせい） （名）	でしょう。	多麼嚴格的老師啊！
なんて	おいしい食べ物（たべもの） （名）	でしょう。	多麼美味的食物啊！
なんて	速い（はやい）の （イ形）	でしょう。	多麼快啊！
なんて	羨ましい（うらやましい）ん （イ形）	でしょう。	多麼令人羨慕啊！
なんて	立派（りっぱ）なの （ナ形）	でしょう。	多麼優秀啊！
なんて	陽気（ようき）なん （ナ形）	でしょう。	多麼爽朗（的個性）啊！
なんて	親切（しんせつ）なん （ナ形）	でしょう。	多麼親切啊！

33

どんなに安(やす)いものでしょう

多麼便宜的東西啊！

句型架構

どんなに ＋ 名詞・イ形容詞辞書形・ナ形容詞語幹 ＋ でしょう

どんなに	安(やす)いもの	でしょう
多麼	便宜的東西	啊！

解說

「多麼～啊！」。表示喜悅、悲傷、希望的程度遠超乎自己的想像時使用，帶有感嘆的語氣。

「**どんなに**」是副詞，意思是「多麼～」。

單字介紹

心細い(こころぼそ) ko.ko.ro.bo.so.i	不安、膽怯
華やか(はな) ha.na.ya.ka	華麗
爽やか(さわ) sa.wa.ya.ka	清爽

例句

どんなに	喜(よろこ)んだ**こと** （名）	でしょう。	多麼令人高興啊！
どんなに	心細(こころぼそ)い**こと** （名）	でしょう。	多麼令人不安啊！
どんなに	暑(あつ)かった**こと** （名）	でしょう。	多麼熱啊！
どんなに	難(むずか)しかった**こと** （名）	でしょう。	多麼困擾的事啊！
どんなに	**寒(さむ)い** （イ形）	でしょう。	多麼寒冷啊！
どんなに	**楽(たの)しい** （イ形）	でしょう。	多麼愉快啊！
どんなに	**爽(さわ)やか** （ナ形）	でしょう。	多麼清爽啊！
どんなに	**華(はな)やか** （ナ形）	でしょう。	多麼華麗啊！

34

何(なん)というさびしさでしょう
多麼寂寞啊！

句型架構

何(なん)という	+	名詞	+	でしょう
何(なん)という		寂(さび)しさ		でしょう
多麼		寂寞		啊！

解說

「多麼～啊！」。表示眼前的事物讓人感動、驚訝、讚嘆。

「**なんという**」後面接的是名詞。接續形容詞時，只要在**イ**形容詞、**ナ**形容詞的語幹後接**～さ**或**～み**，就構成名詞了，也可以接「**こと**」變成名詞片語。

例 **寂(さび)しい**（**イ**形容詞）→**寂(さび)しさ**（名詞）
大事(だいじ)（**ナ**形容詞）→**大事(だいじ)なこと**（名詞）

單字介紹

さわぎ sa.wa.gi	騷動
事件(じけん) ji.ke.n	事件
切(せつ)ない se.tsu.na.i	難過
なさけない na.sa.ke.na.i	丟臉、難為情

例句

何(なん)という　**暑(あつ)さ**　でしょう。　多麼炎熱啊！

何(なん)という　**暗(くら)さ**　でしょう。　多麼暗啊！

何(なん)という　**悔(くや)しさ**　でしょう。　多麼令人懊惱啊！

何(なん)という　**さわぎ**　でしょう。　多麼大的騷動啊！

何(なん)という　嬉(うれ)しい**こと**　でしょう。　多麼令人高興啊！

何(なん)という　切(せつ)ない**こと**　でしょう。　多麼令人難過啊！

何(なん)という　ひどい**事件(じけん)**　でしょう。　多麼慘的事件啊！

何(なん)という　なさけない**こと**　でしょう。　多麼丟臉的事啊！

35

無断(むだん)で借(か)りられては困(こま)ります
你擅自借走東西會讓我很困擾

句型架構

動詞被動形**ては**	+	困(こま)ります
無断(むだん)で　借(か)りられては		困(こま)ります
擅自　被借		困擾

「借りられる」是上一段動詞「借りる」的被動形。

解說

表示對方的行為會造成自己的困擾。「**困(こま)ります**」的辭書形式「**困(こま)る**」，意思是「為難、困擾」。本句型中「**困(こま)ります**」前面所接的動詞常以被動型態出現。

例 **借(か)りる**（辭書形）→**借(か)りられる**（被動形）
→**借(か)りられて**（被動型＋て）

單字介紹

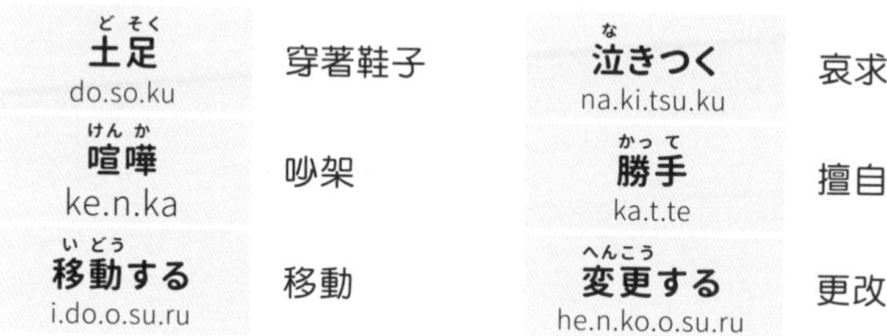

土足(どそく) do.so.ku	穿著鞋子	**泣きつく**(な) na.ki.tsu.ku	哀求
喧嘩(けんか) ke.n.ka	吵架	**勝手**(かって) ka.t.te	擅自
移動する(いどう) i.do.o.su.ru	移動	**変更する**(へんこう) he.n.ko.o.su.ru	更改

例句

うそを**付かれ**ては　困ります。
（五動・付く）
（你）說謊會讓我很困擾。

黙って**入られ**ては　困ります。
（五動・入る）
（你）悄悄進來會讓我很困擾。

土足で家に**入られ**ては　困ります。
（五動・入る）
（你）穿著鞋子進來家裡會讓我很困擾。

そんな風に**泣きつかれ**ては　困ります。
（五動・泣きつく）
（你）那樣哀求會讓我很困擾。

そんなことを**され**ては　困ります。
（サ変・する）
（你）做出那種事會讓我很困擾。

毎日喧嘩を**され**ては　困ります。
（サ変・する）
（你們）每天吵架會讓我很困擾。

勝手に**移動され**ては　困ります。
（サ変・移動する）
（你）擅自移動（東西）會讓我很困擾。

急に時間を**変更され**ては　困ります。
（サ変・変更する）
（你）突然改時間會讓我很困擾。

36

ちゃんと掃除(そうじ)してもらわなくては困(こま)ります
如果你沒有好好打掃的話會讓我很困擾

句型架構
動詞て形 + て(で)もらわなくては + **困(こま)ります**

ちゃんと	掃除(そうじ)して	もらわなくては	困(こま)ります
好好地	打掃	沒有～	困擾

解說

「（你）不～的話會讓我很困擾」。表示對方如果沒有那樣做的話，會讓自己很為難、困擾。

本句型「**困(こま)ります**」前面接授受動詞「**もらう**」的「**ない**形」→「**もらわない**」。

例 **掃除(そうじ)する**(辭書形)→**掃除(そうじ)して**→**掃除(そうじ)してもらわない**，去掉「**い**」加上「**くては困(こま)ります**」就可以了。

單字介紹

厳守(げんしゅ)
ge.n.shu

嚴格遵守

例句

やってもらわなくては　困(こま)ります。
（五動・やる）
如果（你）不做的話會讓我很困擾。

行(い)ってもらわなくては　困(こま)ります。
（五動・行く）
如果（你）不去的話會讓我很困擾。

約束(やくそく)を守(まも)ってもらわなくては　困(こま)ります。
（五動・守る）
如果（你）不遵守約定的話會讓我很困擾。

ちゃんと話(はなし)を聞(き)いてもらわなくては　困(こま)ります。
（五動・聞く）
如果（你）不好好聽我說的話會讓我很困擾。

食(た)べてもらわなくては　困(こま)ります。
（下動・食べる）
如果（你）不吃的話會讓我很困擾。

時間(じかん)を厳守(げんしゅ)してもらわなくては　困(こま)ります。
（サ変・厳守する）
如果（你）不守時的話會讓我很困擾。

持(も)って来(き)てもらわなくては　困(こま)ります。
（カ変・来る）
如果（你）沒帶來的話會讓我很困擾。

もう少(すこ)し早(はや)く来(き)てもらわなくては　困(こま)ります。
（カ変・来る）
如果（你）不早一點來的話會讓我很困擾。

37

サルがいます
有隻猴子

句型架構

名詞が	+	います
サルが		います
猴子		有

解說

「有～（人或動物）」。表示存在。
特別注意前面所接的名詞一定要是人或動物（有生命）。

單字介紹

守衛（しゅえい） shu.e.i	守衛
かたつむり ka.ta.tsu.mu.ri	蝸牛

例句

妹（いもうと）が　います。　（我）有妹妹。

犬（いぬ）が　います。　有隻狗。

彼女（かのじょ）が　います。　（我）有女朋友。

子供（こども）が　います。　有個小孩。

男（おとこ）の人（ひと）が　います。　有個男人。

守衛（しゅえい）さんが　います。　有守衛。

怪（あや）しい人（ひと）が　います。　有個可疑的人。

かたつむりが　います。　有隻蝸牛。

38

りすがいました
剛剛有隻松鼠

句型架構

名詞が	+	いました
りすが		いました
松鼠		（以前、剛剛）有

解說

「（以前、剛剛）有～（人或動物）」。「**いました**」是「**います**」的過去式，表示曾經存在過。

單字介紹

蛍（ほたる） ho.ta.ru	螢火蟲
ビラ配（くば）り bi.ra.ku.ba.ri	發傳單

例句

蛍（ほたる）が　いました。　剛剛有隻螢火蟲。

猫（ねこ）が　いました。　剛剛有隻貓咪。

カニが　いました。　剛剛有隻螃蟹。

怪（あや）しい人（ひと）が　いました。　剛剛有個可疑的人。

たくさんの人（ひと）が　いました。　剛剛有很多人。

日本人（にほんじん）のお客様（きゃくさま）が　いました。　剛剛有個日本客人。

たくさんの子供（こども）たちが　いました。　剛剛有很多小朋友。

ビラ配（くば）りをしている人（ひと）が　いました。　剛剛有個在發傳單的人。

39

庭(にわ)に猫(ねこ)がいません
院子裡沒有貓

句型架構

名詞が	+	いません
庭(にわ)に	猫(ねこ)が	いません
院子裡	貓	沒有

解說 「沒有～（人或動物）」。
本句型是「**～がいます**（句型 37 ／有～）」的否定說法。分別用來表示人或動物的存在與否。

例 庭(にわ)に猫(ねこ)が**いません**。／院子裡**沒有**貓。

例 庭(にわ)に猫(ねこ)が**います**。／院子裡**有**貓。（句型 37）

單字介紹

知(し)り合(あ)い shi.ri.a.i	朋友
ペンギン pe.n.gi.n	企鵝
動物園(どうぶつえん) do.o.bu.tsu.e.n	動物園

例句

川(かわ)の中(なか)に　**魚(さかな)**が　いません。　河裡沒有魚。

僕(ぼく)には　**妹(いもうと)**が　いません。　我沒有妹妹。

私(わたし)は　**兄弟(きょうだい)**が　いません。　我沒有兄弟姊妹。

私(わたし)は　**彼氏(かれし)**が　いません。　我沒有男朋友。

警察(けいさつ)が　いません。　沒有警察。

好(す)きな**人(ひと)**が　いません。　沒有喜歡的人。

ここには　**知(し)り合(あ)い**が　いません。　（我）在這裡沒有朋友。

この動物園(どうぶつえん)には　**ペンギン**が　いません。　這個動物園裡沒有企鵝。

40

明日(あした)テストがあります
明天有考試

句型架構

	名詞が	+	あります
明日(あした)	テストが		あります
明天	考試		有

解說

「有～（事、物）」。
特別注意前面所接的名詞一定要是無生命的事物，中文可翻譯成「有」。

單字介紹

風船(ふうせん) fu.u.se.n	氣球
チケット chi.ke.t.to	票（ticket）
おやつ o.ya.tsu	點心
花火大会(はなびたいかい) ha.na.bi.ta.i.ka.i	煙火大會

例句

弁当（べんとう）が　ありります。　有便當。

風船（ふうせん）が　あります。　有氣球。

写真（しゃしん）が　あります。　有照片。

おやつが　あります。　有點心。

テレビが　あります。　有電視。

チケットが　あります。　有（門、車等）票。

スーパーが　あります。　有超市。

花火大会（はなびたいかい）が　あります。　有煙火大會。

41

昨日(きのう)誕生日(たんじょうび)パーティーがありました
昨天有生日派對

句型架構

	名詞が	+	ありました
昨日(きのう)	誕生日(たんじょうび)パーティーが		ありました
昨天	生日派對		有（過去式）

解說

「（以前、曾經）有～（事、物）」。

本句型是「**～があります**（句型 40）／有～」的過去式，表示已發生過的事。

單字介紹

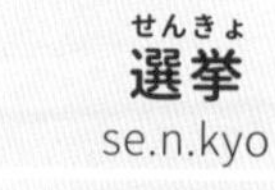

選挙(せんきょ) se.n.kyo	選舉
結婚式(けっこんしき) ke.k.ko.n.shi.ki	婚禮
セール se.e.ru	大拍賣（sale）
忘年会(ぼうねんかい) bo.o.ne.n.ka.i	尾牙

例句

選挙（せんきょ）が　ありました。　有（舉行了）選舉。

セールが　ありました。　有（舉行了）大拍賣。

結婚式（けっこんしき）が　ありました。　有（舉行了）結婚典禮。

忘年会（ぼうねんかい）が　ありました。　有（舉行了）尾牙。

卒業式（そつぎょうしき）が　ありました。　有（舉行了）畢業典禮。

コンサートが　ありました。　有（舉行了）演唱會。

今日（きょう）火事（かじ）が　ありました。　今天有（發生了）火災。

昨日（きのう）お祝（いわ）いが　ありました。　昨天有（舉行了）慶祝活動。

42

お金（かね）がありません
沒有錢

句型架構

名詞が	+	ありません
お金（かね）が		ありません
錢		沒有

解說

「沒有～（事、物）」。本句型是「**～があります**（句型 40）／有～」的否定說法。

例 お金（かね）**がありません**。／**沒有**錢。（本句型）

例 お金（かね）**があります**。／**有**錢。（句型 40）

單字介紹

鏡（かがみ） ka.ga.mi	鏡子	扇風機（せんぷうき） se.n.pu.u.ki	電風扇
冷蔵庫（れいぞうこ） re.i.zo.o.ko	冰箱	洗濯物（せんたくもの） se.n.ta.ku.mo.no	要洗、 洗好的衣服
干（ほ）す ho.su	乾燥	収納（しゅうのう）する shu.u.no.o.su.ru	收納

例句

鏡(かがみ)が　ありません。没有鏡子。

仕事(しごと)が　ありません。没有工作。

扇風機(せんぷうき)が　ありません。没有電風扇。

パソコンが　ありません。没有電腦。

車(くるま)を停(と)める**場所**(ばしょ)が　ありません。没有停車位。

冷蔵庫(れいぞうこ)に**ビール**が　ありません。冰箱裡没有啤酒。

洗濯物(せんたくもの)を干(ほ)す**スペース**が　ありません。没有晾衣服的地方。

うちは狭(せま)くて収納(しゅうのう)する**場所**(ばしょ)が　ありません。我家很小没有收納的空間。

43

韓国(かんこく)にペヨンジュンがいます

在韓國有裴勇俊

句型架構

場所・位置に	+ 名詞が	+ います
韓国(かんこく)に	ペ・ヨンジュンが	います
韓國在	裴勇俊	有

解說

「在～（場所・位置）有～（人或動物）」。

「に」是助詞，在這裡用來表示人或動物存在的場所。

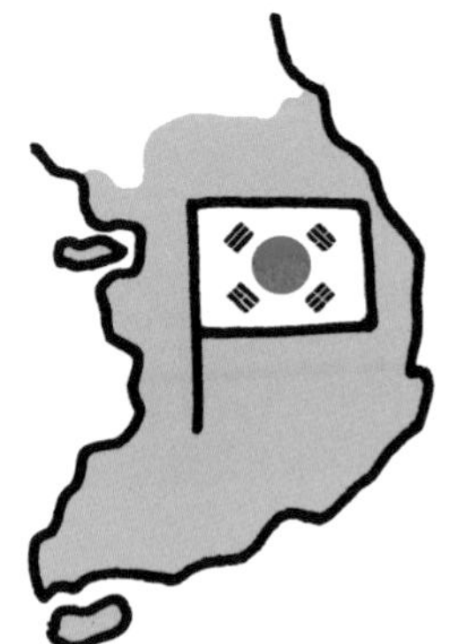

單字介紹

鯨(くじら) ku.ji.ra	鯨魚
台所(だいどころ) da.i.do.ko.ro	廚房
タイ ta.i	泰國（Thai）
ゴキブリ go.ki.bu.ri	蟑螂

例句

海(うみ)に	鯨(くじら)が	います。	在海裡有鯨魚。
お米(こめ)に	虫(むし)が	います。	在米裡面有蟲。
タイに	虎(とら)が	います。	在泰國有老虎。
木(き)の上(うえ)に	鳥(とり)が	います。	在樹上有小鳥。
台所(だいどころ)に	ゴキブリが	います。	在廚房有蟑螂。
公園(こうえん)に	子供(こども)たちが	います。	在公園裡有小朋友。
葉(は)の裏(うら)に	カタツムリが	います。	在葉子背面有蝸牛。
動物園(どうぶつえん)に	いろんな動物(どうぶつ)が	います。	在動物園裡有各種動物。

44

ペヨンジュンは韓国（かんこく）にいます
裴勇俊在韓國

句型架構

名詞は	+	場所・位置に	+	います
ペ・ヨンジュンは		韓国（かんこく）に		います
裴勇俊		韓國在		有

解說

「～（人或動物）在～（場所・位置）」。

本句型和上一句型的意思其實是相同的，只是本句型將人、動物（有生命）當成主詞，強調某人或某動物在～（場所・位置）。

例句

鯨(くじら)は	海(うみ)に	います。	鯨魚在海裡。
虫(むし)は	お米(こめ)に	います。	蟲在米裡。
虎(とら)は	タイに	います。	老虎在泰國。
鳥(とり)は	木(き)の上(うえ)に	います。	小鳥在樹上。
ゴキブリは	台所(だいどころ)に	います。	蟑螂在廚房裡。
子供(こども)たちは	公園(こうえん)に	います。	小朋友在公園裡。
カタツムリは	葉(は)の裏(うら)に	います。	蝸牛在葉子背面。
いろんな動物(どうぶつ)は	動物園(どうぶつえん)に	います。	各種動物在動物園裡。

45

机(つくえ)の上(うえ)に漫画(まんが)があります
在書桌上有漫畫

句型架構

場所・位置に	＋	名詞が	＋	あります
机(つくえ)の上(うえ)に		漫画(まんが)が		あります
書桌上在		漫畫		有

解說

「に」是助詞，在這裡用來表示事物存在的場所。一起來複習一下「**～に～がいます**（句型 43）」和本句型的用法吧！

例 韓国(かんこく)**に**ペ・ヨンジュン**がいます。**／在韓國有裴勇俊。
→「裴勇俊」是人，有生命。

例 机(つくえ)の上(うえ)**に**漫画(まんが)**があります。**／在書桌上有漫畫。
→「漫畫」是物品，無生命。

單字介紹

矢印(やじるし) ya.ji.ru.shi	箭頭	**床**(ゆか) yu.ka	地板
物干し竿(ものほしざお) mo.no.ho.shi.za.o	曬衣竿	**ベランダ** be.ra.n.da	陽台（veranda）
ハンガー ha.n.ga.a	衣架（hanger）	**ドラゴンフルーツ** do.ra.go.n.fu.ru.u.tsu	火龍果 （dragon fruit）

例句

空(そら)に	**虹(にじ)**が	あります。	在天空上有彩虹。
中央(ちゅうおう)に	**矢印(やじるし)**が	あります。	在中間有箭頭。
床(ゆか)に	**十円玉(じゅうえんだま)**が	あります。	在地上有十塊錢銅板。
庭(にわ)に	**物干し竿(ものほしざお)**が	あります。	在院子裡有曬衣服的竹竿。
そこに	私(わたし)の**履物(はきもの)**が	あります。	在那裡有我的鞋子。
ベランダに	**ハンガー**が	あります。	在陽台有衣架。
壁(かべ)に	バンドの**ポスター**が	あります。	在牆上有樂團的海報。
冷蔵庫(れいぞうこ)に	**ドラゴンフルーツ**が	あります。	在冰箱裡有火龍果。

46

046

本(ほん)は机(つくえ)の上(うえ)にあります

書在書桌上

句型架構

名詞は	+ 場所・位置に +		ありま す
本(ほん)は	机(つくえ)の上(うえ)	に	あります
書	書桌上	在	有

解說　本句型和上一句型的意思是相同的，只是本句型將事物當成主詞，加以強調某物在場所／位置。一起來複習一下「**～は～にいます**（句型44）」和本句型的用法吧！

例　ペ・ヨンジュン**は**韓国(かんこく)**にいます**。／裴勇俊在韓國。

→「裴勇俊」是人，有生命。

例　本(ほん)**は**机(つくえ)の上(うえ)**にあります**。／書在書桌上。

→「書」是物品，無生命。

例句

虹(にじ)は　空(そら)に　あります。　彩虹在天空中。

矢印(やじるし)は　中央(ちゅうおう)に　あります。　箭頭在中間。

十円玉(じゅうえんだま)は　床(ゆか)に　あります。　十塊錢在地板上。

物干し竿(ものほしざお)は　庭(にわ)に　あります。　曬衣服的竹竿在院子裡。

ハンガーは　ベランダに　あります。　衣架在陽台裡。

私(わたし)の**履物**(はきもの)は　そこに　あります。　我的鞋子在那裡。

バンドの**ポスター**は　壁(かべ)に　あります。　樂團的海報在牆上。

ドラゴンフルーツは　冷蔵庫(れいぞうこ)に　あります。　火龍果在冰箱裡。

47

あなたのことは忘(わす)れていません
我沒有忘記你

句型架構

主詞は ＋ 動詞て形＋て（で）＋ いませせん

あなたのことは	忘(わす)れて	いません
你（的事）	忘記	沒有

「忘れ」是下一段動詞「忘れる」的て形。

解說

「沒有～」、「還沒有～」。是動作的現在否定。「**いません**」是「**います**」的否定，表示否定的存續狀態。

單字介紹

盗(ぬす)む nu.su.mu 偷

例句

彼女(かのじょ)は　怒(おこ)って　いません。　她沒有在生氣。
（五動・怒る）

彼(かれ)は　盗(ぬす)んで　いません。　他沒有偷。
（五動・盗む）

桜(さくら)の花(はな)は　まだ咲(さ)いて　いません。　櫻花還沒有開。
（五動・咲く）

授業(じゅぎょう)は　まだ終(お)わって　いません。　課還沒有結束。
（五動・終わる）

このパソコンは　壊(こわ)れて　いません。　這台電腦沒有壞。
（下動・壊れる）

結婚(けっこん)は　して　いません。　還沒有結婚。
（サ変・する）

太郎(たろう)は　勉強(べんきょう)して　いません。　太郎沒有在唸書。
（サ変・勉強する）

バスは　まだ来(き)て　いません。　公車還沒有來。
（カ変・来る）

48

電気(でんき)は点(つ)けてありません
電燈沒有亮著

句型架構

主詞は ＋ 他動詞て形+て（で） ＋ ありません

電気(でんき)は	点(つ)けて	ありません
電燈	開	沒有

「点け」是下一段動詞「点ける」的て形。

解說

「～沒有～（狀態）」。

「他動詞て形＋**あります**」則用來表示某人做了某種行為，動作的結果持續存在。請參考下一句型。

單字介紹

くつの紐(ひも) ku.tsu.no.hi.mo	鞋帶
お見合(みあ)い o.mi.a.i	相親
夕食(ゆうしょく) yu.u.sho.ku	晚餐
暖房(だんぼう) da.n.bo.o	暖氣

例句

卵(たまご)は	買(か)って （五動・買う）	ありません。	還沒有買蛋。
洗濯物(せんたくもの)は	干(ほ)して （五動・干す）	ありません。	洗好的衣服還沒有晾。
くつの紐(ひも)は	結(むす)んで （五動・結ぶ）	ありません。	鞋帶沒有綁著。
今日(きょう)の夕食(ゆうしょく)は	作(つく)って （五動・作る）	ありません。	今天的晚餐還沒有煮。
お見合(みあ)い用(よう)の写真(しゃしん)は	撮(と)って （五動・撮る）	ありません。	相親用的照片還沒有拍。
私(わたし)のうちにテレビは	置(お)いて （五動・置く）	ありません。	我家沒有電視機。
暖房(だんぼう)は	つけて （下動・つける）	ありません。	暖氣沒有開著。
そこにコートは	掛(か)けて （下動・掛ける）	ありません。	外套沒有掛在那裡。

49

ポットは置(お)いてあります
水壺擺放著

句型架構

主詞は ＋ 他動詞て形＋て（で） ＋ あります

ポットは	置(お)いて	あります
水壺	擺放	著

解說

「～著」。表示動作的持續狀態。

例 窓(まど)は開(あ)け**てあります**。／窗戶開著。

雖然說話者並不知道把窗戶打開的人是誰，但認為是人為造成窗戶開著的狀態，所以此句除了敘述窗戶開著的狀態之外，語意也表示了動作者的存在。

單字介紹

電気(でんき) de.n.ki	電燈

例句

花(はな)は　**飾(かざ)っ**て　あります。　花裝飾著。
(五動・飾る)

テレビは　**置(お)い**て　あります。　電視擺放著。
(五動・置く)

洗濯物(せんたくもの)は　**干され**て　あります。　洗好的衣服被晾著。
(被五動・干される)

窓(まど)は　**あけ**て　あります。　窗戶開著。
(下動・あける)

花(はな)は　**生(い)け**て　あります。　花插著。
(下動・生ける)

椅子(いす)は　**並(なら)べ**て　あります。　椅子排列著。
(下動・並べる)

電気(でんき)は　**つけ**て　あります。　電燈亮著。
(下動・つける)

コートは　**掛(か)け**て　あります。　外套掛著。
(下動・掛ける)

50

雨(あめ)が降(ふ)ります
下雨

句型架構

主詞が	+	動詞ます形	+	ます
雨(あめ)が		降(ふ)り		ます
雨		下		×

「降り」是五段動詞「降る」的ます形。

解說

「動詞ます形＋ます」通常用來敘述或表示輕微的敬意。

單字介紹

飛行機(ひこうき) hi.ko.o.ki	飛機	自動車(じどうしゃ) ji.do.o.sha	車子
マラソン ma.ra.so.n	馬拉松 (marathon)	煙(けむり) ke.mu.ri	煙
跳(は)ねる ha.ne.ru	跳		

例句

私(わたし)が	行(い)き （五動・行く）	ます。	我（要）去。
先生(せんせい)が	笑(わら)い （五動・笑う）	ます。	老師笑。
飛行機(ひこうき)が	飛(と)び （五動・飛ぶ）	ます。	飛機飛。
自動車(じどうしゃ)が	通(とお)り （五動・通る）	ます。	車子經過。
マラソン選手(せんしゅ)が	走(はし)り （五動・走る）	ます。	馬拉松選手跑。
煙(けむり)が	見(み)え （下動・見える）	ます。	看得見煙。
子供(こども)が	跳(は)ね （下動・跳ねる）	ます。	小朋友跳。
赤(あか)ちゃんが	生(う)まれ （下動・生まれる）	ます。	嬰兒出生。

51

雨(あめ)は止(や)みません
雨下不停

句型架構

主詞は	+	動詞ます形	+	ません
雨(あめ)は		止(や)み		ません
雨		停		不

「止み」是五段動詞「止む」的ます形。

解說　「**ません**」是「**ます**」的否定，前面同樣也是接動詞，表示（動作）不～、沒～。

單字介紹

謝(あやま)る a.ya.ma.ru	道歉
コップ ko.p.pu	杯子（kop）

例句

この赤(あか)ちゃんは	なかなか**泣(な)き** （五動・泣く）	ません。	這個嬰兒不輕易哭。
彼(かれ)は	うそを**つき** （五動・つく）	ません。	他不會說謊。
彼(かれ)は	まだ**謝(あやま)り** （五動・謝る）	ません。	他還沒道歉。
私(わたし)は	絶対(ぜったい)に**許(ゆる)し** （五動・許す）	ません。	我絕不原諒。
田中(たなか)さんは	まだ**帰(かえ)り** （五動・帰る）	ません。	田中先生還沒回家。
彼女(かのじょ)は	ぜんぜん**変(か)わり** （五動・変わる）	ません。	她完全沒變。
このコップは	**割(わ)れ** （下動・割れる）	ません。	這杯子不會破。
私(わたし)は	牛肉(ぎゅうにく)を**食(た)べ** （下動・食べる）	ません。	我不吃牛肉。

52

この赤(あか)ちゃんはなかなか泣(な)きはしません
這個嬰兒不輕易哭

句型架構

主詞は	+	動詞ます形は	+	しません
この赤(あか)ちゃんは		なかなか 泣(な)きは		しません
這個嬰兒		輕易 哭泣		不

「泣き」是五段動詞「泣く」的ます形。

解說

「～不。～」。

本句型和上一句型的意思幾乎相同，但動詞ます形後再加上「**は**」表示強調之意。

例句

雨(あめ)は	**止(や)み**は (五動・止む)	しません。	雨下個不停。
彼(かれ)は	うそを**つき**は (五動・つく)	しません。	他不會說謊。
彼(かれ)は	まだ**謝(あやま)り**は (五動・謝る)	しません。	他還沒道歉。
私(わたし)は	絶対(ぜったい)に**許(ゆる)し**は (五動・許す)	しません。	我絕不原諒。
田中(たなか)さんは	まだ**帰(かえ)り**は (五動・帰る)	しません。	田中先生還沒回家。
彼女(かのじょ)は	ぜんぜん**変(か)わり**は (五動・変わる)	しません。	她完全沒變。
このコップは	**割(わ)れ**は (下動・割れる)	しません。	這杯子不會破。
私(わたし)は	牛肉(ぎゅうにく)を**食(た)べ**は (下動・食べる)	しません。	我不吃牛肉。

53

妹(いもうと)が歌(うた)っています
妹妹正在唱歌

句型架構

主詞が	+ 動詞て形+て(で)	+ います
妹(いもうと)が	歌(うた)って	います
妹妹	唱歌	正在

解說 「動詞て形+います」有以下幾種意思：

① 動作正在進行中。 例 先生(せんせい)が話(はな)し**ています**。／老師正在說話。

② 持續性、經常性的行為或習慣。

例 私(わたし)は毎朝(まいあさ)6時(ろくじ)に起(お)き**ています**。／我每天 6 點起床。

③ 表示狀態的持續。例 窓(まど)が開(あ)い**ています**。／窗戶開著。

④ 單純敘述狀態。例 高(たか)い山(やま)が聳(そび)え**ています**。／高山聳立著。

單字介紹

バイク ba.i.ku	機車 (bike)
そびえる so.bi.e.ru	聳立
財布(さいふ) sa.i.fu	錢包

例句

窓（まど）が　開（あ）いて　います。　窗戶開著。
（五動・開く）

子供（こども）が　遊（あそ）んで　います。　小朋友正在玩耍。
（五動・遊ぶ）

先生（せんせい）が　話（はな）して　います。　老師正在說話。
（五動・話す）

明（あ）かりが　ついて　います。　燈亮著。
（五動・つく）

バイクが　走（はし）って　います。　摩托車正奔馳著。
（五動・走る）

赤（あか）ちゃんが　笑（わら）って　います。　寶寶正在笑。
（五動・笑う）

財布（さいふ）が　落（お）ちて　います。　錢包掉了。
（上動・落ちる）

高（たか）い山（やま）が　そびえて　います。　高山聳立著。
（下動・そびえる）

54

私（わたし）はご飯（はん）を食（た）べます
我要吃飯

句型架構

主詞は	+	動詞ます形	+	ます
私（わたし）は		ご飯（はん）を食（た）べ		ます
我		吃飯		×

「食べ」是下一段動詞「食べる」的ます形。

解說 本句型通常用來表示一種肯定敘述或即將進行的動作。

單字介紹

興（おこ）す o.ko.su	創立、建設
退職（たいしょく） ta.i.sho.ku	退休
ブラジル bu.ra.ji.ru	巴西 (brazil)
アルバイト a.ru.ba.i.to	打工 (arbeit)

例句

今日(きょう)は	カラオケに**行(い)き** (五動・行く)	ます。	今天要去唱 KTV。
私(わたし)は	来年国(らいねんくに)へ**帰(かえ)り** (五動・帰る)	ます。	我明年要回國。
兄(あに)は	来年会社(らいねんかいしゃ)を**興(おこ)し** (五動・興す)	ます。	哥哥明年要開公司。
私(わたし)は	今度(こんど)ブラジルへ**行(い)き** (五動・行く)	ます。	我下次要去巴西。
彼(かれ)は	**留学(りゅうがく)し** (サ変・留学する)	ます。	他要去留學。
お父(とう)さんは	来年(らいねん)**退職(たいしょく)し** (サ変・退職する)	ます。	爸爸明年要退休。
友達(ともだち)は	来年(らいねん)**結婚(けっこん)し** (サ変・結婚する)	ます。	朋友明年要結婚。
私(わたし)は	明日(あした)アルバイトを**し** (サ変・する)	ます。	我明天要去打工。

55

私(わたし)は昨日(きのう)手紙(てがみ)を書(か)きました
我昨天寫了信

句型架構

主詞は	+	動詞ます形	+	ました
私(わたし)は		昨日(きのう)手紙(てがみ)を書(か)き		ました
我		昨天寫信		了（過去）

「書き」是五段動詞「書く」的ます形。

解說

本句型是上一句型的過去式，表示過去做了～事或已經做了～事。

單字介紹

トースト
to.o.su.to

吐司（toast）

例句

今日(きょう)は	雪(ゆき)が**降(ふ)り** （五動・降る）	ました。	今天下了雪。
昨日(きのう)は	バイトに**行(い)き** （五動・行く）	ました。	昨天去打了工。
中村(なかむら)さんは	大阪(おおさか)から**帰(かえ)り** （五動・帰る）	ました。	中村先生從大阪回來了。
お父(とう)さんは	今日(きょう)お酒(さけ)を**飲(の)み** （五動・飲む）	ました。	爸爸今天喝了酒。
妹(いもうと)は	先週(せんしゅう)パソコンを**買(か)い** （五動・買う）	ました。	妹妹上個禮拜買了電腦。
私(わたし)は	先日(せんじつ)映画(えいが)を**見(み)** （上動・見る）	ました。	我前幾天看了電影。
今朝(けさ)は	トーストを**食(た)べ** （下動・食べる）	ました。	今天早上吃了吐司。
私(わたし)は	4年前(よねんまえ)台湾(たいわん)に**来(き)** （カ変・来る）	ました。	我4年前來到（了）台灣。

56

妹(いもうと)は結婚(けっこん)して子供(こども)を産(う)みました

妹妹結婚生小孩了

句型架構　主詞は ＋ 動詞て形+て（で） ＋ 動詞

妹(いもうと)は	結婚(けっこん)して	子供(こども)を産(う)みました
妹妹	結婚	小孩　生了

解說　連接兩個動詞時，需要用動詞て形來互相連接。

例　私(わたし)はよく図書館(としょかん)へ行(い)って**て**勉強(べんきょう)します。／我常去圖書館唸書。

（行く）＋（勉強する）
（五段動詞）（サ行變格動詞）

單字介紹

歯(は)を磨(みが)く ha.wo.mi.ga.ku	刷牙
美術館(びじゅつかん) bi.ju.tsu.ka.n	美術館
プール pu.u.ru	游泳池（pool）
満(み)たす mi.ta.su	填滿

例句

彼女(かのじょ)は　映画(えいが)を**見**て　**泣**(な)**きました。**
(上動・見る)　(五動・泣く)
她看了電影然後哭了。

私(わたし)は　彼(かれ)の歌(うた)を**聴**(き)**い**て　**感動**(かんどう)**しました。**
(五動・聴く)　(サ変・感動する)
我聽了他的歌非常感動。

私(わたし)は　昨日(きのう)歯(は)を**磨**(みが)**い**て　またケーキを食(た)べて**しまいました。**
(五動・磨く)　(補動・しまう)
我昨天刷牙後，又吃了蛋糕。

私(わたし)は　よく図書館(としょかん)へ**行**(い)**っ**て　**勉強**(べんきょう)**します。**
(五動・行く)　(サ変・勉強する)
我常去圖書館唸書。

彼(かれ)は　今日(きょう)プールに**行**(い)**っ**て　**泳**(およ)**ぎました。**
(五動・行く)　(五動・泳ぐ)
他今天去游泳池游泳。

私(わたし)は　昨日(きのう)美術館(びじゅつかん)へ**行**(い)**っ**て　絵(え)を見(み)て**きました。**
(五動・行く)　(補動・くる)
我昨天去美術館看了畫。

父(ちち)は　**退職**(たいしょく)**し**て　今(いま)は家(いえ)で**ゆっくりしています。**
(サ変・退職する)　(サ変・ゆっくりする)
爸爸退休，現在在家裡悠閒渡日。

母(はは)は　毎日料理(まいにちりょうり)を**し**て　家族(かぞく)みんなの腹(はら)を**満**(み)**たします。**
(サ変・する)　(五動・満たす)
媽媽每天作菜，填飽家人的肚子。

57

お父（とう）さんはテレビを見（み）ているところです
爸爸正在看電視

句型架構

主詞は ＋ 動詞ている形／動詞辭書形／動詞た形＋た（だ） ＋ ところです

お父（とう）さんは	テレビを見（み）ている	ところです
爸爸	電視　正在看	正…時候

「見ている」是上一段動詞「見る」的動詞ている形。

解說

① 動詞**ている**形＋**ところです**：「正在～」。表示動作正在進行中。

② 動詞辭書形＋**ところです**：「正要～」。表示正要開始做某動作。

③ 動詞た形（過去式）＋**ところです**：「剛剛～」。表示動作剛結束。

單字介紹

チャット cha.t.to	網路聊天 (chat)
出掛（でか）ける de.ka.ke.ru	出門

例句

お姉(ねえ)ちゃんは	手紙(てがみ)を書(か)いている （五動・書く）	ところです。	姐姐正在寫信。
お母(かあ)さんは	洗濯物(せんたくもの)を干(ほ)している （五動・干す）	ところです。	媽媽正在晾衣服。
兄(あに)は	チャットをしている （サ変・する）	ところです。	哥哥正在上網聊天。
赤(あか)ちゃんは	ちょうど寝(ね)る （下動・寝る）	ところです。	嬰兒剛好正要睡覺。
私(わたし)は	今(いま)出掛(でか)ける （下動・出掛ける）	ところです。	我現在正要出門。
授業(じゅぎょう)は	今(いま)終(お)わった （五動・終わる）	ところです。	課程剛剛結束。
雨(あめ)は	さっき止(や)んだ （五動・止む）	ところです。	雨剛剛停。
映画(えいが)は	さっき始(はじ)まった （五動・始まる）	ところです。	電影剛剛開始。

58

時間(じかん)はもう過(す)ぎていました
時間已經過了

句型架構

主詞は	+	もう動詞て形+て(で)	+	いました
時間(じかん)は		もう　過(す)ぎ　て		いました
時間		已經　過		了(過去)

解說

「已經～了」。

「もう」是副詞，意思是「已經」。

單字介紹

おんがくかい 音楽会 o.n.ga.ku.ka.i	音樂會
さとう 砂糖 sa.to.o	砂糖

例句

洗濯物(せんたくもの)は　もう　乾(かわ)いて　いました。　衣服已經曬好了。
（五動・乾く）

映画(えいが)は　もう　終(お)わって　いました。　電影已經結束了。
（五動・終わる）

音楽会(おんがくかい)は　もう　始(はじ)まって　いました。　音樂會已經開始了。
（五動・始まる）

砂糖(さとう)は　もう　なくなって　いました。　砂糖已經用完了。
（五動・なくなる）

そこには　もう　人(ひと)が住(す)んで　いました。　那裡已經有住過人了。
（五動・住む）

彼女(かのじょ)は　もう　お風呂(ふろ)に入(はい)って　いました。　她已經洗過澡了。
（五動・入る）

そのテレビは　もう　壊(こわ)れて　いました。　這台電視已經壞掉了。
（下動・壊れる）

みんなは　もう　食(た)べて　いました。　大家已經吃過了。
（下動・食べる）

59

先生（せんせい）はもう行（い）ってしまいました
老師已經走了

句型架構

主詞は ＋ もう動詞て形+て（で） ＋ しまいました

先生（せんせい）は	もう行（い）って	しまいました
老師	已經去	了

「行っ」是五段動詞「行く」的て形。

解說

「已經～了」。表示動作的完了、結束。

「もう」是「已經」的意思。**「～てしまいました」**表示動作已經完成且無法恢復，所以有時候也帶有遺憾、無法挽回的語意。

單字介紹

薬（くすり） ku.su.ri	藥	作文（さくぶん） sa.ku.bu.n	作文
計画（けいかく） ke.i.ka.ku	計畫	ビデオ bi.de.o	錄影帶、影片（video）
泡（あわ） a.wa	泡泡	単語（たんご） ta.n.go	單字

例句

薬(くすり)は　もう　飲(の)んで　しまいました。
(五動・飲む)
藥已經吃過了。

作文(さくぶん)は　もう　書(か)いて　しまいました。
(五動・書く)
作文已經寫完了。

その計画(けいかく)は　もう　話(はな)して　しまいました。
(五動・話す)
那個計畫已經談好了。

私(わたし)は　もう　この本(ほん)を読(よ)んで　しまいました。
(五動・読む)
我已經看完這本書了。

このビデオは　もう　見(み)て　しまいました。
(上動・見る)
這捲錄影帶我已經看過了。

私(わたし)は　もう　忘(わす)れて　しまいました。
(下動・忘れる)
我已經忘了。

泡(あわ)は　もう　消(き)えて　しまいました。
(下動・消える)
泡泡已經消失了。

単語(たんご)は　もう　覚(おぼ)えて　しまいました。
(下動・覚える)
單字已經背完了。

60

私(わたし)は MP3 がほしい
我想要 MP3

句型架構

私(わたし)は	+	名詞が	+	ほしい
私(わたし)は		MP3が		ほしい
我		MP3		想要

解說

「～想要～」。表示自己強烈的欲望時使用。
「**欲(ほ)しい**」是形容詞，意思是「想要～、希望能得到手」。記得「**欲(ほ)しい**」前面所接的（格）助詞，一定要用「**が**」哦！

單字介紹

デジカメ de.ji.ka.me	數位相機 (digital camera)
ベッカム be.k.ka.mu	貝克漢 (Beckham)
ダイヤモンド da.i.ya.mo.n.do	鑽石 (diamond)

例句

私(わたし)は	**車(くるま)**が	ほしい。	我想要車子。
私(わたし)は	**彼女(かのじょ)**が	ほしい。	我想要女朋友。
私(わたし)は	**パソコン**が	ほしい。	我想要電腦。
私(わたし)は	**デジカメ**が	ほしい。	我想要數位相機。
私(わたし)は	自分(じぶん)の**店(みせ)**が	ほしい。	我想要有自己的店。
私(わたし)は	**ダイヤモンド**が	ほしい。	我想要鑽石。
私(わたし)は	日本(にほん)の**お友達(ともだち)**が	ほしい。	我想要有日本的朋友。
私(わたし)は	ベッカムの**サイン**が	ほしい。	我想要貝克漢的簽名。

61

私(わたし)は早(はや)くお嫁(よめ)さんになりたい
我想趕快當新娘

句型架構

私(わたし)は	+	動詞ます形	+	たい
私(わたし)は		早(はや)くお嫁(よめ)さんになり		たい
我		快點變成新娘		想

解說

「動詞ます形＋たい」，表示自己強烈的欲望時使用。

「**たい**」是助動詞，常接在動詞**ます**形後面，意思是「想～」。

單字介紹

生(なま)ビール na.ma.bi.i.ru	生啤酒 (beer)
ドーナツ do.o.na.tsu	甜甜圈 (doughnut)
試合(しあい) shi.a.i	比賽
世界一周旅行(せかいいっしゅうりょこう) se.ka.i.i.s.shu.u.ryo.ko.o	環遊世界

例句

私（わたし）は 家（いえ）へ**帰（かえ）り** たい。 我想回家。
（五動・帰る）

私（わたし）は 京都（きょうと）へ**行（い）き** たい。 我想去京都。
（五動・行く）

私（わたし）は 先生（せんせい）に**なり** たい。 我想當老師。
（五動・なる）

私（わたし）は ベッカムに**会（あ）い** たい。 我想見貝克漢。
（五動・会う）

私（わたし）は 生（なま）ビールを**飲（の）み** たい。 我想喝生啤酒。
（五動・飲む）

私（わたし）は サッカーの試合（しあい）が**見（み）** たい。 我想看足球比賽。
（上動・見る）

私（わたし）は ドーナツが**食（た）べ** たい。 我想吃甜甜圈。
（下動・食べる）

私（わたし）は 世界一周旅行（せかいいっしゅうりょこう）を**し** たい。 我想要環遊世界一周。
（サ変・する）

62

私(わたし)はビールを飲(の)みたくなりました
我想喝啤酒了

句型架構

私(わたし)は + 動詞ます形 + たくなりました

私(わたし)は	ビールを飲(の)み	たくなりました
我	喝啤酒	(變得)想了

「飲み」是五段動詞「飲む」的ます形。

解說

「想～了」。表示原本不想，後來變得想～了。「**なりました**」的辭書形是「**なる**」。意思是「變成、變為」。此外表示「不想～」的時候，則用「～**は**～動詞ます形＋**たくない**」。

例 私(わたし)**は**ビールを飲(の)み**たくない**。／我不想喝啤酒。

單字介紹

俳優(はいゆう) ha.i.yu.u	演員
モスバーガー mo.su.ba.a.ga.a	摩斯漢堡

例句

私（わたし）は　俳優（はいゆう）に**なり**　たくなりました。
（五動・なる）
我想當演員了。

私（わたし）は　子供（こども）を**産（う）み**　たくなりました。
（五動・産む）
我想生小孩了。

私（わたし）は　仕事（しごと）を**やめ**　たくなりました。
（下動・やめる）
我想辭掉工作了。

私（わたし）は　留学（りゅうがく）が**し**　たくなりました。
（サ変・する）
我想去留學了。

私（わたし）は　**結婚（けっこん）し**　たくなりました。
（サ変・結婚する）
我想結婚了。

私（わたし）は　お見合（みあ）いを**し**　たくなりました。
（サ変・する）
我想去相親了。

私（わたし）は　英語（えいご）を**勉強（べんきょう）し**　たくなりました。
（サ変・勉強する）
我想學英語了。

私（わたし）は　モスバーガーでアルバイトを**し**　たくなりました。
（サ変・する）
我想在摩斯漢堡打工了。

63

私(わたし)は日本(にほん)へ行(い)くつもりです
我打算去日本

句型架構

主詞は ＋ 動詞辭書形 ＋ つもりです

私(わたし)は	日本(にほん)へ行(い)く	つもりです
我	去日本	打算

解說

「**つもり**」的意思是「打算、預計」。回答時，如果要省略動詞說「**はい(ええ)、そのつもりです**」。此時的「**その**」不能省略喔！

A：今日(きょう)も図書館(としょかん)に行(い)くんですか。/今天也要去圖書館嗎？

B：**ええ、そのつもりです。**/ 嗯、是這麼打算的。（ ○ ）
ええ、つもりです。（ ╳ ）

單字介紹

將来(しょうらい) sho.o.ra.i	將來
来春(らいしゅん) ra.i.shu.n	明年春天
シンガポール si.n.ga.po.o.ru	新加坡 (Singapore)
イタリア語(ご) i.ta.ri.a.go	義大利語

例句

私(わたし)は	医者(いしゃ)に**なる**（五動）	つもりです。	我打算當醫生。
午後(ごご)は	銀行(ぎんこう)に**行(い)く**（五動）	つもりです。	下午打算去銀行。
将来(しょうらい)は	ケーキ屋(や)さんに**なる**（五動）	つもりです。	將來打算開蛋糕店。
私(わたし)は	今度(こんど)シンガポールに**行(い)く**（五動）	つもりです。	我下次打算去新加坡。
私(わたし)は	毎日(まいにち)100(ひゃく)単語(たんご)を**覚(おぼ)える**（下動）	つもりです。	我打算每天背 100 個單字。
来年(らいねん)は	日本(にほん)に**留学(りゅうがく)する**（サ変）	つもりです。	我打算明年到日本留學。
私(わたし)は	来春(らいしゅん)から仕事(しごと)を**する**（サ変）	つもりです。	我打算從明年春天開始工作。
私(わたし)は	イタリア語(ご)を**勉強(べんきょう)する**（サ変）	つもりです。	我打算開始學義大利語。

64

私(わたし)は仕事(しごと)をやめないつもりです
我打算不辭掉工作

句型架構

主詞は	+ 動詞ない形+ない	+ つもりです
私(わたし)は	仕事(しごと)をやめない	つもりです
我	工作不辭掉	打算

解說

「～打算不～」。本句型是上一句型的否定用法。

動詞ない形：**仕事(しごと)をやめる**（辭書形）

→**仕事(しごと)をやめない**（**ない**形）

單字介紹

転職(てんしょく)する te.n.sho.ku.su.ru　換工作

例句

私(わたし)は	行(い)かない （五動・行く）	つもりです。	我打算不去。
私(わたし)は	買(か)わない （五動・買う）	つもりです。	我打算不買。
私(わたし)は	言(い)わない （五動・言う）	つもりです。	我打算不說。
私(わたし)は	引(ひ)っ越(こ)さない （五動・引っ越す）	つもりです。	我打算不搬家。
私(わたし)は	結婚(けっこん)しない （サ変・結婚する）	つもりです。	我打算不結婚。
私(わたし)は	転職(てんしょく)しない （サ変・転職する）	つもりです。	我打算不換工作。
私(わたし)は	相手(あいて)にしない （サ変・する）	つもりです。	我打算不理他。
私(わたし)は	明日(あした)参加(さんか)しない （サ変・参加する）	つもりです。	我打算明天不參加。

65

♪065

私(わたし)はずっとここにいるつもりはありません
我不打算一直待在這裡

句型架構

主詞は	+	動詞辞書形	+	つもりはありません

私(わたし)は	ずっと	ここにいる	つもりはありません
我	一直	在這裡	沒有打算

解說

「～不打算～」、「～無意～」。表示說話者並沒有這樣的企圖、打算或動機。

例句

私(わたし)は	言(い)う （五動）	つもりはありません。	我不打算說。
私(わたし)は	彼(かれ)を許(ゆる)す （五動）	つもりはありません。	我不打算原諒他。
私(わたし)は	医者(いしゃ)になる （五動）	つもりはありません。	我不打算當醫生。
私(わたし)は	明日(あした)学校(がっこう)に行(い)く （五動）	つもりはありません。	我明天不打算去學校。
私(わたし)は	彼(かれ)の言(い)うことを聞(き)く （五動）	つもりはありません。	我不打算聽他說的。
私(わたし)は	負(ま)ける （下動）	つもりはありません。	我不打算認輸。
私(わたし)は	転職(てんしょく)する （サ変）	つもりはありません。	我不打算換工作。
私(わたし)は	留学(りゅうがく)する （サ変）	つもりはありません。	我不打算去留學。

66

私は徹夜で勉強しようと思います
(わたし てつや べんきょう おも)

我想要唸通宵

句型架構

主詞は ＋ 動詞意志形う(よう) ＋ と思います

私は	徹夜で勉強しよう	と思います
我	要通宵唸書	想(意志)

解說

「我想～」。表示說話者自己的意志或預定。和句型63「**～は～つもりです**／～打算～」不同的地方是句型63可以表示第三者的意志。

例 玉木さん**は**アメリカに留学する**つもりです。**
／玉木先生打算要去美國留學。（○）

玉木さん**は**アメリカに留学し**ようと思います。**
／玉木先生想要去美國留學。（X）

單字介紹

バッグ ba.g.gu	包包、袋子 (bag)
優勝(ゆうしょう) yu.u.sho.o	優勝
ボーリング bo.o.ri.n.gu	保齡球 (bowling)

例句

来年(らいねん)は	**勝(か)と**う (五動・勝つ)	と思(おも)います。	明年我想要贏。
今度(こんど)は	**がんばろ**う (五動・がんばる)	と思(おも)います。	下次我想要更努力。
来週(らいしゅう)は	バッグを**買(か)お**う (五動・買う)	と思(おも)います。	下禮拜我想要買包包。
来週(らいしゅう)は	運動(うんどう)して強(つよ)く**なろ**う (五動・なる)	と思(おも)います。	我下禮拜想要運動來強健身體。
来週(らいしゅう)は	ボーリングに**行(い)こ**う (五動・行く)	と思(おも)います。	下禮拜我想去打保齡球。
私(わたし)は	仕事(しごと)を**やめ**よう (下動・やめる)	と思(おも)います。	我想要辭掉工作。
次(つぎ)は	**優勝(ゆうしょう)し**よう (サ変・優勝する)	と思(おも)います。	下次我想要獲得優勝。
明日(あした)は	水泳(すいえい)を**し**よう (サ変・する)	と思(おも)います。	明天我想要游泳。

67

私(わたし)は彼女(かのじょ)と仲直(なかなお)りしようとは思(おも)いません
我並不想和她和好

句型架構

主詞 は ＋動詞意志形＋う(よう)＋とは思(おも)いません

私は	彼女(かのじょ)と仲直(なかなお)りしよう	とは思(おも)いません
我	要和她和好	不想

解說

「～我並不想～」。表示並沒有這樣的企圖、動機。

本句型是上一句型的否定。「**は**」用來強調、加重語氣。

單字介紹

万引(まんび)き ma.n.bi.ki	偷東西
信用(しんよう)する shi.n.yo.o.su.ru	信任

例句

私(わたし)は	帰(かえ)ろう （五動・帰る）	とは思(おも)いません。	我並不想要回家。
私(わたし)は	嘘(うそ)をつこう （五動・つく）	とは思(おも)いません。	我並不想說謊。
私(わたし)は	やめよう （下動・やめる）	とは思(おも)いません。	我並不想放棄。
私(わたし)は	負(ま)けよう （下動・負ける）	とは思(おも)いません。	我並不想輸。
私(わたし)は	今晩(こんばん)寝(ね)よう （下動・寝る）	とは思(おも)いません。	我今晚並不想睡。
私(わたし)は	万引(まんび)きしよう （サ変・万引きする）	とは思(おも)いません。	我並不想偷東西。
私(わたし)は	彼(かれ)と結婚(けっこん)しよう （サ変・結婚する）	とは思(おも)いません。	我並不想和他結婚。
私(わたし)は	あの人(ひと)を信用(しんよう)しよう （サ変・信用する）	とは思(おも)いません。	我並不想相信那個人。

68 彼(かれ)はもう帰(かえ)ろうとしています

他正想要回去

句型架構

動詞意志形	+ う(よう) +	としています
彼(かれ)は	もう帰(かえ)ろう	としています
他	要回去	正要

解說

「正要～」、「就要～」、「將要～」。表示動作、變化的開始或結束之前。

單字介紹

敵(てき) te.ki	敵人
発車(はっしゃ)する ha.s.sha.su.ru	發車
暮(く)れる ku.re.ru	天黑

例句

店(みせ)は	**閉(し)まろ**う （五動・閉まる）	としています。	店就要關了。
泥棒(どろぼう)は	物(もの)を**盗(ぬす)も**う （五動・盗む）	としています。	小偷正想要偷東西。
映画(えいが)は	もう**始(はじ)まろ**う （五動・始まる）	としています。	電影就要開始了。
彼(かれ)は	バスを**降(お)り**よう （上動・降りる）	としています。	他正要下公車。
敵(てき)は	もう**逃(に)げ**よう （下動・逃げる）	としています。	敵人就要逃跑了。
彼女(かのじょ)は	今(いま)**出掛(でか)け**よう （下動・出掛ける）	としています。	她現在正要出門。
日(ひ)は	もうすぐ**暮(く)れ**よう （下動・暮れる）	としています。	天就要黑了。
新幹線(しんかんせん)は	今(いま)**発車(はっしゃ)し**よう （サ変・発車する）	としています。	新幹線現在正要發車。

69

見(み)ようともしません
連看都不看

句型架構

動詞意志形	+ とも	+ しません
見(み)よう	とも	しません
看(意志)	都	不

解說

「不～」、「～都不～」。表示說話者並沒有這樣的企圖、動機。
本句型裡的「**も**」用來強調、加強語氣。

例句

聞(き)こう　とも　しません。連問都不問。
（五動・聞く）

書(か)こう　とも　しません。連寫都不寫。
（五動・書く）

知(し)ろう　とも　しません。一點都不想知道。
（五動・知る）

泣(な)こう　とも　しません。連哭都不哭。
（五動・泣く）

笑(わら)おう　とも　しません。連笑都不笑。
（五動・笑う）

怒(おこ)ろう　とも　しません。一點都不想生氣。
（五動・怒る）

何(なに)を言(い)っても許(ゆる)そう　とも　しません。不管他說什麼，都不原諒。
（五動・許す）

信(しん)じよう　とも　しません。連信都不想信。
（上動・信じる）

70

ぜひ恩返しをしたいと思います
我一定要報恩

句型架構

ぜひ ＋ 動詞ます形たい ＋ と思います

ぜひ	恩返しをしたい	と思います
一定	想報恩	我想

解說

「一定要～」、「無論如何都要～」。表示強烈的意志、願望和決心。

「**ぜひ**」的意思是「一定、非得要、必須」。可用在以下兩種情況：

① 表達自己無論如何都想做的事。

例 **ぜひ**恩返しをしたい**と思います。**／我一定要報恩。

② 請求別人做事。

例 **ぜひ**来ていただきたい**と思います。**／無論如何都希望您能來。

例句

ぜひ　行きたい　と思います。

（五動・行く）

我一定要去。

ぜひ　あの方にお目にかかりたい　と思います。

（五動・かかる）

我一定要跟那個人碰面。

ぜひ　食べてみたい　と思います。

（複上動・食べてみる）

我一定要吃吃看。

ぜひ　見ていただきたい　と思います。

（複五動・見ていただく）

無論如何都想請您看一看。

ぜひ　来ていただきたい　と思います。

（複五動・来ていただく）

無論如何都想邀請您來。

ぜひ　遊びに来てもらいたい　と思います。

（複五動・来てもらう）

請您一定要來玩。

ぜひ　会いに来ていただきたい　と思います。

（複五動・来ていただく）

無論如何都想跟您見個面。

ぜひ　あなたにやっていただきたい　と思います。

（複五動・やっていただく）

無論如何都想請您做（這件事）。

71

忘(わす)れてもいい
即使忘記也沒關係

句型架構

動詞て形	+ て(で)も +	いい
忘(わす)れ	ても	いい
忘記	即使	(沒關係)可以

解說

「～也沒關係」、「～也可以」。表示「許可、允許」。
本句型與「動詞て形て(で)も＋構(かま)いません」（句型 73）的意思相同。

單字介紹

知(し)らないふりする 假裝不知道
shi.ra.na.i.fu.ri.su.ru

例句

泣(な)いても　いい。
（五動・泣く）
即使哭也沒關係。
（哭吧！）

貸(か)しても　いい。
（五動・貸す）
即使借給你也沒關係。
（可以借給你）

ケーキを焼(や)いても　いい。
（五動・焼く）
即使烤蛋糕也沒關係。
（可以烤蛋糕）

食(た)べても　いい。
（下動・食べる）
即使吃掉也沒關係。
（可以吃）

買(か)ってあげても　いい。
（下動・あげる）
即使買給你也沒關係。
（可以買給你）

結婚(けっこん)しても　いい。
（サ変・結婚する）
即使結婚也沒關係。
（可以結婚）

知(し)らないふりしても　いい。
（サ変・する）
即使裝作不知道也沒關係。
（可以裝作不知道）

食(た)べ物(もの)を持(も)って来(き)ても　いい。
（カ変・来る）
即使帶食物來也沒關係。
（可以帶食物來）

72

座(すわ)らなくてもいい
即使不坐也沒關係

句型架構 **動詞ない形**なくても ＋ いい

座(すわ)らなくても	いい
坐　即使不	可以

解說 「即使不～也沒關係」、「不必～」、「不用～」。可以和上一句型互相比較看看。

例 **行(い)く**(辞書形)→ **行(い)か**(ない形)**なくてもいい**

例句

行(い)かなくても いい。 即使不去也沒關係。
（五動・行く）

知(し)らなくても いい。 即使不知道也沒關係。
（五動・知る）

お金(かね)を返(かえ)さなくても いい。 即使不還錢也沒關係。
（五動・返す）

ご飯(はん)を作(つく)らなくても いい。 即使不做飯也沒關係。
（五動・作る）

約束(やくそく)を守(まも)らなくても いい。 即使不遵守約定也沒關係。
（五動・守る）

大学(だいがく)に行(い)かなくても いい。 即使不上大學也沒關係。
（五動・行く）

勉強(べんきょう)しなくても いい。 即使不唸書也沒關係。
（サ変・勉強する）

買(か)って来(こ)なくても いい。 即使沒買來也沒關係。
（カ変・来る）

73

電話(でんわ)しても構(かま)いません
即使打電話也無妨

句型架構

動詞て形 + て(で)も + 構(かま)いません

電話(でんわ)し	ても	構(かま)いません
打電話	即使	無妨

解說

本句型是用來向對方表示許可、允許。與句型 71 的意思相同。
「**構(かま)う**」常以否定的形式「**構(かま)わない**／**構(かま)いません**」來表示「不介意、無妨、沒關係」。

單字介紹

カキ氷(ごおり)
ka.ki.go.o.ri
刨冰

例句

怒(おこ)っても （五動・怒る）	構(かま)いません。	即使**生氣**也無妨。 （可以**生氣**）
泣(な)いても （五動・泣く）	構(かま)いません。	即使**哭**也無妨。 （**哭吧！**）
入(はい)っても （五動・入る）	構(かま)いません。	即使**進去**也無妨。 （可以**進去**）
テレビを**見(み)**ても （上動・見る）	構(かま)いません。	即使**看電視**也無妨。 （可以**看電視**）
寝(ね)ても （下動・寝る）	構(かま)いません。	即使**睡**也無妨。 （可以**睡覺**）
捨(す)てても （下動・捨てる）	構(かま)いません。	即使**丟掉**也無妨。 （可以**丟掉**）
カキ氷(ごおり)を**食(た)べ**ても （下動・食べる）	構(かま)いません。	即使**吃刨冰**也無妨。 （可以**吃刨冰**）
恋(こい)を**し**ても （サ変・する）	構(かま)いません。	即使**談戀愛**也無妨。 （可以**談戀愛**）

74

突然(とつぜん)お宅(たく)に伺(うかが)っても差(さ)し支(つか)えありませんか
即使突然登門拜訪也無妨嗎？

句型架構

動詞て形 + て(で)も + 差(さ)し支(つか)えありませんか

突然(とつぜん)	お宅(たく)に伺(うかが)っ	ても	差(さ)し支(つか)えありませんか
突然	登門拜訪	即使	無妨嗎?

解說

「**差(さ)し支(つか)える**」的意思是「妨礙」。「**差(さ)し支(つか)えありません**」的意思是「不會造成妨礙」，後面加上「**か**」就變成疑問句了→「**差(さ)し支(つか)えありませんか**／～也無妨嗎？」。

本句型與「**～てもいい**（句型71）」、「**～ても構(かま)いません**（句型73）」的意思雖然很相近，但通常用於比較正式、嚴謹的場合或情況。

單字介紹

無断(むだん) mu.da.n	擅自、未經許可

例句

多少(たしょう)違(ちが)っても （五動・違う）	差(さ)し支(つか)えありませんか？	即使有點不一樣也無妨嗎？
無断(むだん)で入(はい)っても （五動・入る）	差(さ)し支(つか)えありませんか？	即使擅自進入也無妨嗎？
この手紙(てがみ)を読(よ)んでも （五動・読む）	差(さ)し支(つか)えありませんか？	即使看這封信也無妨嗎？
テレビを見(み)ても （上動・見る）	差(さ)し支(つか)えありませんか？	即使看電視也無妨嗎？
ここで寝(ね)ても （下動・寝る）	差(さ)し支(つか)えありませんか？	即使在這裡睡也無妨嗎？
勝手(かって)に食(た)べても （下動・食べる）	差(さ)し支(つか)えありませんか？	即使隨意拿來吃也無妨嗎？
少(すこ)し位(くらい)壊(こわ)れても （下動・壊れる）	差(さ)し支(つか)えありませんか？	即使壞一點點也無妨嗎？
大(おお)きな音(おと)を立(た)てても （下動・立てる）	差(さ)し支(つか)えありませんか？	即使音量很大也無妨嗎？

75

嘘(うそ)をついてはいけません
不可以說謊

句型架構

動詞て形 + て(で)は + いけません

嘘(うそ)をついては	いけません
說謊	不可以

解說

「不可以～」。表示「禁止」，用來提醒對方不可以做某種行為或動作。

「**いけません**」的意思是「不行、不能」。

單字介紹

廊下(ろうか) ro.o.ka	走廊
つまみ食(ぐ)いをする tsu.ma.mi.gu.i.wo.su.ru	偷吃東西
居眠(いねむ)り i.ne.mu.ri	打瞌睡
粗末(そまつ) so.ma.tsu	浪費、粗率

例句

廊下（ろうか）を**走（はし）っ**ては （五動・走る）	いけません。	不可以在走廊上跑。
約束（やくそく）を**破（やぶ）っ**ては （五動・破る）	いけません。	不可以爽約。
たばこを**吸（す）っ**ては （五動・吸う）	いけません。	不可以抽菸。
人（ひと）のものを**盗（ぬす）ん**では （五動・盗む）	いけません。	不可以偷別人的東西。
居眠（いねむ）りを**し**ては （サ変・する）	いけません。	不可以打瞌睡。
つまみ食（ぐ）いを**し**ては （サ変・する）	いけません。	不可以偷吃東西。
カンニングを**し**ては （サ変・する）	いけません。	不可以作弊。
食（た）べ物（もの）を粗末（そまつ）に**し**ては （サ変・する）	いけません。	不可以浪費食物。

76

飲（の）め
喝下去！

句型架構　**五段動詞命令形**

飲（の）め！

喝下去！

解說　動詞命令形所表現出來的語氣較強硬，一般用在命令他人做某事（長輩→晚輩）、或強迫他人時。在緊急狀況下，警告他人時也會用到命令形。只要將五段動詞語尾的「**u**」段音改成「**e**」段音就是命令形了。

例「飲（の）む（m**u**）」（辞書形）→「飲（の）め（m**e**）」（命令形）

例句

あるく
歩け！（歩く） 快走！

はな
話せ！（話す） 快說！

ど
退け！（退く） 閃開！

あやま
謝れ！（謝る） 給我道歉！

かえ
帰れ！（帰る） 滾回去！

だま
黙れ！（黙る） 閉嘴！

はし
走れ！（走る） 快跑！

た
立て！（立つ） 站起來！

77

今日(きょう)は早(はや)く寝(ね)なければいけません

今天必須早一點睡

句型架構

（主詞）＋ 動詞ない形 ＋ なければいけません

今日(きょう)は	早(はや)く	寝(ね)	なければいけません
今天	早一點	睡	必須

解說

「必須～」。表示因個人的因素或狀況而產生的義務或責任，帶有一點命令的意思。

例 **寝(ね)る**（辞書形）→ **寝(ね)**（ない形）**なければいけません**

單字介紹

ダイエット da.i.e.t.to	減肥（diet）
接待(せったい) se.t.ta.i	招待
徹夜(てつや)する te.tsu.ya.su.ru	熬夜

例句

自分(じぶん)で**書(か)か**　なけれぱいけません。　必須自己寫。
（五動・書く）

早(はや)く**帰(かえ)ら**　なければいけません。　必須早一點回去。
（五動・帰る）

マラソンを**し**　なければいけません。　必須參加馬拉松賽跑。
（サ変・する）

ダイエットを**し**　なければいけません。　必須減肥。
（サ変・する）

今日(きょう)は**徹夜(てつや)し**　なければいけません。　今天必須熬夜。
（サ変・徹夜する）

人(ひと)には優(やさ)しく**し**　なければいけません。　必須對人體貼一點。
（サ変・する）

お客(きゃく)さんを接待(せったい)を**し**　なければいけません。　必須招待客人。
（サ変・する）

明日(あした)はもっと早(はや)く**来(こ)**　なければいけません。　明天必須更早一點來。
（カ変・来る）

78

お金(かね)を貯(た)めなければなりません
必須存錢

句型架構

動詞ない形	+ なければなりません
お金(かね)を貯(た)め	なければなりません
存錢	必須

解說　「必須～」。帶有不得不做的意思。

例 貯(た)める（辞書形）→ 貯(た)め（ない形）+ なければなりません

單字介紹

落(お)ち着(つ)いて o.chi.tsu.i.te	冷靜
親孝行(おやこうこう) o.ya.ko.o.ko.o	孝順

例句

早く帰ら（はやく かえら） なければなりません。 必須早點回家。
（五動・帰る）

休息をとら（きゅうそく） なければなりません。 必須休息。
（五動・とる）

歯医者へ行か（はいしゃ い） なければなりません。 必須去看牙醫。
（五動・行く）

頑張って働か（がんば はたら） なければなりません。 必須努力工作。
（五動・働く）

落ち着いて考え（お つ かんが） なければなりません。 必須冷靜思考。
（下動・考える）

親孝行をし（おやこうこう） なければなりません。 必須孝順父母。
（サ変・する）

よく　勉強をし（べんきょう） なければなりません。 必須好好唸書。
（サ変・する）

ダイエットをし なければなりません。 必須減肥。
（サ変・する）

79

私(わたし)はどうしても帰(かえ)らなければなりません
我非回去不可

句型架構

(主詞)どうしても + **動詞ない形** + なければなりません

私(わたし)は	どうしても	帰(かえ)ら	なければなりません
我	無論如何也	回去	必須

解說

「非～不可」、「無論如何都要～」、「一定要～」。

「**どうしても**」的意思是「怎麼也～、無論如何也～」。表示強烈的願望和決心。

「**～なければなりません**」前面是接動詞的**ない**形，可參考上一句型的接續方法。

單字介紹

入院(にゅういん) nyu.u.i.n	住院

例句

どうしても	**行**(い)**か** (五動・行く)	なければなりません。	非去不可。
どうしても	**謝**(あやま)**ら** (五動・謝る)	なければなりません。	非道歉不可。
どうしても	**勝**(か)**た** (五動・勝つ)	なければなりません。	非贏不可。
どうしても	約束(やくそく)を**守**(まも)**ら** (五動・守る)	なければなりません。	非遵守約定不可。
どうしても	**結婚**(けっこん)**し** (サ変・結婚する)	なければなりません。	非結婚不可。
どうしても	**入院**(にゅういん)**し** (サ変・入院する)	なければなりません。	非住院不可。
どうしても	お見合(みあ)いを**し** (サ変・する)	なければなりません。	非相親不可。
どうしても	**食**(た)**べ終**(お)**え** (複下動・食べ終える)	なければなりません。	非吃完不可。

80

映画(えいが)を見(み)るには映画館(えいがかん)に行(い)かなくてはなりません
要看電影的話就必須到電影院

句型架構

～には ＋ **動詞ない形**なくてはなりません

映画(えいが)を見(み)るには　**映画館(えいがかん)に行(い)か**なくてはなりません

看電影（為了）　**電影院**　不去不行

解說

「要～就必須～」。表示「如果想～的話就必須～做」，不這樣做是不行的。

「**～なくてはなりません**」也可以換成「**～なければなりません**」，意思是相同的。

單字介紹

夏(なつ)バテ na.tsu.ba.te	中暑	**営養(えいよう)** e.i.yo.o	營養
かび ka.bi	霉	**摂取(せっしゅ)** se.s.shu	攝取
カロリー ka.ro.ri.i	卡路里（calorie）	**バランス** ba.ra.n.su	均衡、平衡（balance）

例句

遅刻(ちこく)しないためには　8時(はちじ)に**起(お)き**なくてはなりません。
（上動・起きる）
為了不遲到就必須8點起床。

留学(りゅうがく)するには　日本語(にほんご)が**出来(でき)**なくてはなりません。
（上動・出来る）
要去留學就必須學會日文。

夏(なつ)バテ防止(ぼうし)には　ちゃんと栄養(えいよう)を**つけ**なくてはなりません。
（下動・つける）
要防止中暑就必須好好攝取營養。

体(からだ)を強(つよ)くするには　運動(うんどう)を**し**なくてはなりません。
（サ変・する）
要讓身體強壯就必須運動。

かび防止(ぼうし)には　早(はや)く洗濯(せんたく)を**し**なくてはなりません。
（サ変・する）
要防止發霉就必須早點洗衣服。

大人(おとな)になるには　早(はや)く物事(ものごと)を**理解(りかい)し**なくてはなりません。
（サ変・理解する）
要成為大人就必須早點懂事。

ダイエットするには　摂取(せっしゅ)カロリーを少(すく)なく**し**なくてはなりません。
（サ変・する）
要減肥就必須減少卡路里的攝取。

肌(はだ)をきれいにするには　バランスの取(と)れた食事(しょくじ)を**し**なくてはなりません。
（サ変・する）
要皮膚漂亮就必須攝取均衡飲食。

81

きれいに書(か)かないといけません
不寫漂亮一點不行

句型架構

動詞ない形 + ないと + いけません

きれいに	書(か)かないと	いけません
漂亮地	不寫的話	不行

解說

「不～不行」、「一定要～」、「必須～」。和意思相同的「**～なければいけません**（句型77）」比較起來屬於更口語的說法。

單字介紹

まじめ ma.ji.me	認真

例句

約束(やくそく)を**守(まも)ら**ないと　いけません。　不遵守約定不行。
（五動・守る）

毎日水(まいにちみず)を**飲(の)ま**ないと　いけません。　每天不喝水不行。
（五動・飲む）

食事(しょくじ)の前(まえ)には手(て)を**洗(あら)わ**ないと　いけません。　吃飯前不洗手不行。
（五動・洗う）

早(はや)く**起(お)き**ないと　いけません。　不早點起床不行。
（上動・起きる）

朝(あさ)ごはんを**食(た)べ**ないと　いけません。　不吃早餐不行。
（下動・食べる）

静(しず)かに**し**ないと　いけません。　不安靜一點不行。
（サ変・する）

まじめに**し**ないと　いけません。　不認真一點不行。
（サ変・する）

もっと**勉強(べんきょう)し**ないと　いけません。　不多唸點書不行。
（サ変・勉強する）

82

雨(あめ)が降(ふ)るのでやめます
因為下雨，所以作罷

句型架構

動詞・イ形容詞辭書形ので
名詞・ナ形容詞語幹なので

雨(あめ)が降(ふ)るので	やめます
下雨　因為	作罷

解說

「～ので」的意思是「因為」，表示原因、理由。也可用來婉拒別人的邀約。

例 仕事(しごと)が終(お)わったら、一緒(いっしょ)に食事(しょくじ)でもどうですか。
下班一起吃個飯如何啊？

すみません、ちょっと用事(ようじ)がありますので。
不好意思，（因為）我今天有點事。

單字介紹

賢(かしこ)い ka.shi.ko.i	聰明的
近眼(きんがん) ki.n.ga.n	近視

例句

私（わたし）は 明日（あした）**出発（しゅっぱつ）する**ので（サ変） お別（わか）れに来（き）ました。

因為我明天就要出發了，所以特地來跟你道別。

あの人（ひと）は **賢（かしこ）い**ので（イ形） なんでもできます。

因為那個人很聰明，所以任何事都難不倒他。

この服（ふく）は **小（ちい）さい**ので（イ形） 着（き）れません。

因為這件衣服很小，所以穿不下。

テレビは 目（め）に**悪（わる）い**ので（イ形） あまり見（み）ません。

因為電視對眼睛不好，所以（我）不常看。

今日（きょう）は **休（やす）み**なので（名） 家（いえ）でゆっくりします。

因為今天休假，所以（我）要在家悠閒度過。

彼女（かのじょ）は **近眼（きんがん）**なので（名） めがねをかけています。

因為她有近視，所以才戴眼鏡。

今日（きょう）は 妹（いもうと）の**誕生日（たんじょうび）**なので（名） ケーキを買（か）いました。

因為今天是妹妹生日，所以我買了蛋糕。

とても**きれい**なので（ナ形） 見（み）とれてしまいました。

因為實在太漂亮了，所以（我）看得入神了。

83

これはかわいいから買(か)いたいです
因為這個很可愛，所以想買

句型架構 （主詞） ＋ イ形容詞・動詞普通形から

これは	かわいいから	買(か)いたいです
這個	可愛 因為	想買

解說 「因為～」。表示原因、理由。
上一句型的「**ので**」雖然也是用來表示原因，但「**から**」表示較強烈的主觀看法。

單字介紹

肌(はだ) ha.da	皮膚

例句

暑いから（あつ） （イ形）	窓（まど）をあけます。	因為很熱，所以把窗戶打開。
寒いから（さむ） （イ形）	窓（まど）をしめます。	因為很冷，所以把窗戶關起來。
難しいから（むずか） （イ形）	全然分（ぜんぜんわ）かりません。	因為很困難，所以完全不懂。
寂しいから（さび） （イ形）	友達（ともだち）とお酒（さけ）を飲（の）みます。	因為寂寞，所以和朋友喝酒。
肌（はだ）に**悪い**（わる）から （イ形）	使（つか）いません。	因為對皮膚不好，所以不使用。
父（ちち）は人（ひと）が**いい**から （イ形）	騙（だま）されやすいんです。	因為父親人很好，所以容易被騙。
風邪（かぜ）を**引いた**（ひ）から （五動・引く）	早（はや）く休（やす）みます。	因為感冒了，所以要早點休息。
結婚する（けっこん）から （サ変）	仕事（しごと）を辞（や）めました。	因為要結婚，所以將工作辭掉了。

84

外(そと)は危(あぶ)ないですから出(で)ないほうがいいよ

因為外面很危險，所以別出去比較好哦！

句型架構

主語は ＋ イ形容詞辞書形ですから（から）
名詞・ナ形容詞語幹ですから（だから）

外(そと)は	危(あぶ)ないですから	出(で)ないほうがいいよ
外面	危險　因為	別出去比較好哦！

解說

表示原因、理由時，イ形容詞普通体後面可接「**ですから**」或「**から**」。

名詞、ナ形容詞語幹後則接「**ですから**」或「**だから**」。

單字介紹

焼(や)きたて ya.ki.ta.te	剛出爐的
夜道(よみち) yo.mi.chi	夜路

例句

外は　**寒い**ですから　暖かくしてお出掛けください。

（イ形）

因為外面很冷，所以出門請穿暖一點。

この靴は　**大きい**から　彼の足にも合うでしょう。

（イ形）

因為這雙鞋子很大，所以他應該穿的下。

明日は　**休み**ですから　コンサートに行きます。

（名）

因為明天休假，所以要去看演唱會。

最近は　**梅雨**だから　毎日雨が降っています。

（名）

因為最近是梅雨季節，所以每天都下雨。

このパンは　**焼きたて**だから　熱いうちに召し上がってください。

（名）

因為這個麵包是剛出爐的，所以請趁熱吃。

あの人は　**有名**だから　誰でも知っています。

（ナ形）

因為那個人很有名，所以大家都認識他。

夜道は　**危険**ですから　気をつけてください。

（ナ形）

因為走夜路很危險，所以請小心一點。

このかばんは　**丈夫**だから　安心して使ってください。

（ナ形）

因為這個皮包很耐用，所以請放心使用。

85

行(い)かないのはいろいろあるからです
之所以不去是因為發生了很多事

句型架構

動詞・イ形容詞普通体のは 名詞・ナ形容詞語幹なのは	+	（短句）	+	からです

行(い)かないのは	いろいろある	からです
不去 之所以	有很多事	因為

解說

「之所以～是因為～」。

「**のは**」是用來提出某件事當主題，後面再接「**～からです**」來說明原因、理由。

單字介紹

素顔(すがお) su.ga.o	素顏
炭火(すみび) su.mi.bi	炭火
化粧(けしょう) ke.sho.o	化妝
便秘(べんぴ) be.n.pi	便祕

例句

あなたにうそを**ついた**のは（五動・つく） 叱(しか)られたくない からです。
之所以對你說謊是因為不想被罵。

あくびが**出(で)る**のは（下動） よく寝(ね)ていない からです。
之所以打哈欠是因為沒睡好。

最近(さいきん)あまり**食(た)べない**のは（下動・食べる） ダイエットをしている からです。
最近之所以不太吃東西是因為在減肥。

化粧(けしょう)を**する**のは（サ変） 素顔(すがお)を隠(かく)したい からです。
之所以化妝是因為想遮住素顏。

運動(うんどう)を**しない**のは（サ変・する） 時間(じかん)がない からです。
之所以不運動是因為沒有時間。

うなぎが**おいしい**のは（イ形） 炭火(すみび)で焼(や)く からです。
鰻魚之所以好吃是因為用炭火烤的。

メールの返事(へんじ)が**遅(おそ)い**のは（イ形） 忙(いそが)しい からです。
之所以很慢才回 e-mail 是因為很忙。

便秘(べんぴ)なのは（名） 野菜(やさい)をほとんど食(た)べない からです。
之所以便秘是因為幾乎不吃蔬菜。

86

努力(どりょく)をするのは夢(ゆめ)を実現(じつげん)させるためです

之所以努力，是為了想要讓夢想實現

句型架構

動詞・イ形容詞普通体のは ＋ （短句） ＋ ためです

努力(どりょく)をするのは	夢(ゆめ)を実現(じつげん)させる	ためです
努力　之所以	讓夢想實現	為了(因為)

解說

「之所以～是為了～」。

「**のは**」是用來提出某件事當主題，後面再接「**～ためです**」來說明原因、理由。當名詞後面接「**ためです**」時，記得要用「**の**」來接續喔！

單字介紹

気分転換(きぶんてんかん) ki.bu.n.te.n.ka.n	轉換心情
学費(がくひ) ga.ku.hi	學費

例句

英語(えいご)を学(まな)ぶのは（五動）　仕事(しごと)の　ためです。

之所以學英文是為了工作。

行(い)かなかったのは（五動・行く）　体(からだ)の調子(ちょうし)が悪(わる)かった　ためです。

之所以沒去是因為身體不舒服。

お金(かね)を貯(た)めるのは（下動）　パソコンを買(か)う　ためです。

之所以存錢是為了要買電腦。

旅行(りょこう)をするのは（サ変）　気分転換(きぶんてんかん)の　ためです。

之所以旅行是為了要轉換心情。

ダイエットをするのは（サ変）　きれいになる　ためです。

之所以減肥是為了要變美。

アルバイトをするのは（サ変）　学費(がくひ)を払(はら)う　ためです。

之所以打工是為了要繳學費。

悲(かな)しいのは（イ形）　彼(かれ)と別(わか)れた　ためです。

之所以悲傷是因為和男友分手了。

頭(あたま)が重(おも)いのは（イ形）　空気(くうき)が悪(わる)い　ためです。

之所以頭暈是因為空氣不好。

87

病気(びょうき)を早(はや)く治(なお)すためにしっかり休養(きゅうよう)をとります
為了早點把病治好，所以要好好休息

句型架構

動詞辭書形ために 名詞のために	＋	（短句）

病気(びょうき)を早(はや)く治(なお)すために　しっかり休養(きゅうよう)をとります

疾病　早點治好　為了　好好休息

解說　「ため」是形式名詞有以下２種意思：

①「因為、由於」用來表示原因、理由→本句型。

②「為了～」用來表示目的→表示目的時，前面所接續的是「名詞＋**のために**」、「動詞辭書形＋**ために**」。

單字介紹

ドイツ do.i.tsu	德國（Deutsch）	ジョギング jo.gi.n.gu	慢跑（jogging）
休暇(きゅうか) kyu.u.ka	休假	上司(じょうし) jo.o.shi	上司
ゴマをする go.ma.wo.su.ru	討好、拍馬屁	私用(しよう) shi.yo.o	私人的

例句

ドイツに**行(い)く**ために　ドイツ語(ご)を勉強(べんきょう)します。
（五動）
為了要去德國，所以學德語。

母(はは)を**喜(よろこ)ばせる**ために　温泉旅行(おんせんりょこう)を計画(けいかく)しています。
（使五動）
為了要讓母親開心，所以正在計劃溫泉旅行。

ジョギングに**行(い)く**ために　毎朝早起(まいあさはやお)きします。
（五動）
為了去慢跑，每天早起。

明日(あした)休暇(きゅうか)を**もらう**ために　上司(じょうし)にゴマをすりました。
（五動）
為了明天要請假，所以努力地討好上司。

私用(しよう)の電話(でんわ)を**掛(か)ける**ために　ちょっと外(そと)へ出(で)ました。
（下動）
為了要打私人電話，所以出去外面。

彼(かれ)との**デート**のために　いつもたくさんおしゃれをします。
（名）
為了要和男朋友約會，所以總是打扮得漂漂亮亮。

結婚(けっこん)するために　お金(かね)を貯(た)めます。
（サ変）
為了結婚存錢。

親孝行(おやこうこう)のために　たくさん働(はたら)きます。
（名）
為了孝順父母拼命地工作。

88

西洋人(せいようじん)にとってお酒(さけ)は水(みず)のようです
對西洋人來說，酒就像水一樣

句型架構

主語は	+ 名詞	+ ようです
西洋人(せいようじん)にとって　お酒(さけ)は	水(みず)の	ようです
對西洋人來說　酒	水	像～一樣

解說

「**よう**」的意思是「像～、相似」。前面常會加上「**まるで**」，變成「**～はまるで～のようです**」，意思是「簡直像～一樣」。

單字介紹

手触(てざわ)り te.za.wa.ri	觸感	絹(きぬ) ki.nu	絲綢
廃人(はいじん) ha.i.ji.n	廢人	マンション ma.n.sho.n	公寓 (mansion)
鐘(かね) ka.ne	鐘	温室(おんしつ) o.n.shi.tsu	溫室

例句

手触(てざわ)りは　絹(きぬ)の　ようです。

觸感像絲綢一樣。

あかちゃんは　天使(てんし)の　ようです。

嬰兒像天使一樣。

彼(かれ)の生活(せいかつ)は　廃人(はいじん)の　ようです。

他的生活像廢人一樣。

このマンションは　ホテルの　ようです。

這棟公寓像飯店一樣。

その音(おと)は　教会(きょうかい)の鐘(かね)の　ようです。

那個聲音就像教會的鐘聲一樣。

これは　まるで本物(ほんもの)の　ようです。

這個簡直像真的一樣。

人生(じんせい)は　まるで夢(ゆめ)の　ようです。

人生簡直就像夢一樣。

この教室(きょうしつ)は　窓(まど)が多(おお)くて温室(おんしつ)の　ようです。

這間教室窗戶多得像溫室一樣。

89

彼女(かのじょ)はお姫様(ひめさま)のように美(うつく)しいです
她就像公主一樣美麗

句型架構

主詞は ＋ 名詞のように ＋ イ形容詞辭書形 です / 名詞・ナ形容詞語幹です

彼女(かのじょ)は	お姫様(ひめさま)のように	美(うつく)しいです
她	公主像～一樣	美麗

解說

「AはBのように～」的意思是「A像B一樣～」。表示A和B的特質、內容…等是相同的。

單字介紹

人形(にんぎょう) ni.n.gyo.o	娃娃	声優(せいゆう) se.i.yu.u	配音員
天国(てんごく) te.n.go.ku	天國	悪魔(あくま) a.ku.ma	惡魔
意地悪(いじわる) i.ji.wa.ru	壞心眼	清(きよ)らか ki.yo.ra.ka	純潔

例句

肌(はだ)は	雪(ゆき)のように	**白い**です。 （イ形）	肌膚像雪一樣白。
この部屋(へや)は	冷蔵庫(れいぞうこ)のように	**寒い**です。 （イ形）	這間房間像冰箱一樣冰冷。
彼女(かのじょ)は	人形(にんぎょう)のように	**かわいい**です。 （イ形）	她像娃娃一樣可愛。
彼(かれ)の声(こえ)は	声優(せいゆう)のように	いい**声**(こえ)です。 （名）	他的聲音像配音員一樣好聽。
ここは	天国(てんごく)のように	**平和**(へいわ)です。 （名／ナ形）	這裡像天堂一樣平和。
彼(かれ)は	悪魔(あくま)のように	**意地悪**(いじわる)です。 （名／ナ形）	他像惡魔一樣壞心眼。
今日(きょう)は	春(はる)のように	**暖か**(あたた)です。 （ナ形）	今天像春天一樣溫暖。
赤(あか)ちゃんは	天使(てんし)のように	**清らか**(きよ)です。 （ナ形）	嬰兒像天使一樣純潔。

90

私(わたし)の猫(ねこ)は虎(とら)に似(に)ています
我的貓長得像老虎

句型架構 主詞は ＋ 名詞に ＋ 似(に)ています

私(わたし)の猫(ねこ)は	虎(とら)に	似(に)ています
我的貓	跟老虎	像

解說 「AはBに似(に)ています」的意思是「Ａ像Ｂ」。「**似(に)ています**」的辭書形是「**似(に)る**」，意思是「像、似」。這裡的「**に**」用來表示對象。

單字介紹

鮭(さけ) sa.ke	鮭魚
学生寮(がくせいりょう) ga.ku.se.i.ryo.o	宿舍
鱒(ます) ma.su	鱒魚
牢獄(ろうごく) ro.o.go.ku	監獄

ガオ～

例句

鮭(さけ)は　鱒(ます)に　似(に)ています。　鮭魚（長得）像鱒魚。

私(わたし)は　父(ちち)に　似(に)ています。　我（長得）像爸爸。

彼(かれ)の顔(かお)は　魚(さかな)に　似(に)ています。　他的臉（長得）像魚。

彼(かれ)は　サルに　似(に)ています。　他（長得）像猴子。

学生寮(がくせいりょう)は　牢獄(ろうごく)に　似(に)ています。　學生宿舍很像監獄。

オレンジは　蜜柑(みかん)に　似(に)ています。　柳橙（長得）像蜜柑。

韓国語(かんこくご)は　日本語(にほんご)に　似(に)ています。　韓語很像日語。

彼女(かのじょ)は　柴崎(しばさき)コウに　似(に)ています。　她（長得）像柴崎幸。

91

私（わたし）と火星人（かせいじん）は似（に）ています
我和火星人長得很像

句型架構

名詞と ＋ 名詞は ＋ 似（に）ています

私（わたし）と	火星人（かせいじん）は	似（に）ています
我和	火星人	像

解說

「AとBは似（に）ています」的意思是「A和B很像」。這裡的「と」的意思是「和」，用來表示同類事物的並列。本句型和上一句型很類似，請仔細比較看看。

單字介紹

カブ ka.bu	蕪菁	錆（さび） sa.bi	鐵鏽
キャベツ kya.be.tsu	高麗菜 (cabbage)	レタス re.ta.su	萵苣 (lettuce)
寒天（かんてん） ka.n.te.n	寒天	ゼラチン ze.ra.chi.n	吉利丁 (gelatin)

例句

兄(あに)と	姉(あね)は	似(に)ています。	哥哥和姐姐很像。
蛇(へび)と	縄(なわ)は	似(に)ています。	蛇和繩子很像。
人間(にんげん)と	猿(さる)は	似(に)ています。	人類和猴子很像。
大根(だいこん)と	カブは	似(に)ています。	白蘿蔔和蕪菁很像。
この曲(きょく)と	あの曲(きょく)は	似(に)ています。	這首曲子和那首曲子很像。
血(ち)の味(あじ)と	錆(さび)の味(あじ)は	似(に)ています。	血的味道和鐵鏽的味道很像。
キャベツと	レタスは	似(に)ています。	高麗菜和萵苣很像。
寒天(かんてん)と	ゼラチンは	似(に)ています。	寒天和吉利丁很像。

92

この絵(え)はあの絵(え)と同(おな)じです
這幅畫和那幅畫一樣

句型架構

主詞は ＋ 名詞と ＋ 同(おな)じです

この絵(え)は	あの絵(え)と	同(おな)じです
這幅畫	那幅畫和	一樣

解說

「AはBと同(おな)じです」的意思是「Ａ和Ｂ一樣」。
「同(おな)じ」的意思是「一樣、相同」。

單字介紹

ボーナス bo.o.na.su	獎金 (bonus)	マンゴー ma.n.go.o	芒果 (mango)
販売価格(はんばいかかく) ha.n.ba.i.ka.ka.ku	定價	生地(きじ) ki.ji	材質
スカート su.ka.a.to	裙子 (skirt)	状況(じょうきょう) jo.o.kyo.o	情況

例句

ボーナスは	去年（きょねん）と	同（おな）じです。	年終獎金和去年一樣。
あきらめは	失敗（しっぱい）と	同（おな）じです。	放棄和失敗一樣。
この味（あじ）は	マンゴーと	同（おな）じです。	這個味道和芒果一樣。
この本（ほん）は	あの本（ほん）と	同（おな）じです。	這本書和那本書一樣。
この机（つくえ）は	あの机（つくえ）と	同（おな）じです。	這張書桌和那張書桌一樣。
販売価格（はんばいかかく）は	日本（にほん）と	同（おな）じです。	售價和日本一樣。
この生地（きじ）は	あのスカートと	同（おな）じです。	這個材質和那件裙子一樣。
この状況（じょうきょう）は	昨日（きのう）見（み）た夢（ゆめ）と	同（おな）じです。	這個情況和昨天作的夢一樣。

93

私(わたし)は姉(あね)と同(おな)じ体重(たいじゅう)です
我和姊姊同樣體重

句型架構 主詞は ＋ 名詞と ＋ 同(おな)じ名詞です

私(わたし)は	姉(あね)と	同(おな)じ体重(たいじゅう)です
我	姊姊和	相同體重

解說 「AはBと同(おな)じ～です」的意思是「Ａ和Ｂ的～一樣」、「Ａ和Ｂ同～」。

特別注意，在本句型中「同(おな)じ」後面接續的是名詞哦！

單字介紹

身長(しんちょう) shi.n.cho.o	身高	星座(せいざ) se.i.za	星座
クラス ku.ra.su	班級 (class)	血液型(けつえきがた) ke.tsu.e.ki.ga.ta	血型
ブランド bu.ra.n.do	品牌 (brand)	バニラアイス ba.ni.ra.a.i.su	香草冰淇淋 (vanilla ice)

例句

彼(かれ)は　僕(ぼく)と　同(おな)じ身長(しんちょう)です。

他和我同樣身高。

私(わたし)は　兄(あに)と　同(おな)じ星座(せいざ)です。

我和哥哥同星座。

彼(かれ)は　私(わたし)と　同(おな)じ年(とし)です。

他和我同年。

私(わたし)は　彼(かれ)と　同(おな)じクラスです。

我和他同班。

私(わたし)は　彼女(かのじょ)と　同(おな)じ血液型(けつえきがた)です。

我和她同血型。

このバックは　彼女(かのじょ)のと　同(おな)じブランドです。

這個包包和她的同品牌。

このビルは　あのビルと　同(おな)じ高(たか)さです。

這棟大樓和那棟大樓同高度。

この紅茶(こうちゃ)は　バニラアイスと　同(おな)じ味(あじ)です。

這個紅茶和香草冰淇淋同樣味道。

94

男(おとこ)は女(おんな)と違(ちが)います
男生和女生不同

句型架構

主詞は ＋ 名詞と ＋ 違(ちが)います

男(おとこ)は	女(おんな)と	違(ちが)います
男生	女生和	不同

解說

「AはBと違(ちが)います」的意思是「A和B不一樣」、「A和B不同」。

「違(ちが)う」是五段動詞，意思是「不同、不一樣」。

單字介紹

片思(かたおも)い ka.ta.o.mo.i	單戀	両思(りょうおも)い ryo.o.o.mo.i	兩情相悅
リンス ri.n.su	潤髮乳 (rinse)	躁鬱病(そううつびょう) so.o.u.tsu.byo.o	躁鬱症
油性(ゆせい)ペン yu.se.i.pe.n	油性筆	派遣社員(はいけんしゃいん) ha.i.ke.n.sha.i.n	派遣員工

例句

日本製(にほんせい)は **中国製(ちゅうごくせい)と** 違(ちが)います。 日本製和中國製不同。

片思(かたおも)いは **両想(りょうおも)いと** 違(ちが)います。 單戀和兩情相悅不同。

スケートは **スキーと** 違(ちが)います。 溜冰和滑雪不同。

シャンプーは **リンスと** 違(ちが)います。 洗髮精和潤髮精不同。

うつ病(びょう)は **躁鬱病(そううつびょう)と** 違(ちが)います。 憂鬱症和躁鬱症不同。

りんごは **オレンジと** 違(ちが)います。 蘋果和柳橙不同。

水性(すいせい)ペンは **油性(ゆせい)ペンと** 違(ちが)います。 水性筆和油性筆不同。

正社員(せいしゃいん)は **派遣社員(はけんしゃいん)と** 違(ちが)います。 正式員工和派遣員工不同。

95

日本円(にほんえん)と台湾元(たいわんげん)とは違(ちが)います
日幣和台幣是不同的

句型架構

名詞と ＋ 名詞とは ＋ 違(ちが)います

日本円(にほんえん)と	台湾元(たいわんげん)とは	違(ちが)います
日幣 和	台幣	不同

解說

「AとBとは違(ちが)います」的意思是「Ａ和Ｂ不同」、「Ａ和Ｂ不一樣」。

「とは」用來表示強調。

單字介紹

デザート de.za.a.to	甜點（dessert）
バレエ ba.re.e	芭蕾（ballet）
パパイヤ pa.pa.i.ya	木瓜（papaya）
バレーボール ba.re.e.bo.o.ru	排球 （volleyball）

例句

私（わたし）と 姉（あね）とは 違（ちが）います。

我和姊姊是不同的。

男性（だんせい）と 女性（じょせい）とは 違（ちが）います。

男生和女生是不同的。

電車（でんしゃ）と 新幹線（しんかんせん）とは 違（ちが）います。

電車和新幹線是不同的。

おやつと デザートとは 違（ちが）います。

點心和甜點是不同的。

うどんと そばとは 違（ちが）います。

烏龍麵和蕎麥麵是不同的。

マンゴーと パパイヤとは 違（ちが）います。

芒果和木瓜是不同的。

中華料理（ちゅうかりょうり）と 日本料理（にほんりょうり）とは 違（ちが）います。

中華料理和日本料理是不同的。

バレエと バレーボールとは 違（ちが）います。

芭蕾和排球是不同的。

96

♪096

東(ひがし)は西(にし)の反対(はんたい)です
東是西的相反

句型架構

主詞は ＋ 名詞の ＋ 反対(はんたい)です

東(ひがし)は	西(にし)の	反対(はんたい)です
東是	西的	相反

解說

「AはBの反対(はんたい)です」的意思是「A是B的相反」。
「反対(はんたい)」的意思是「相反、顛倒」。

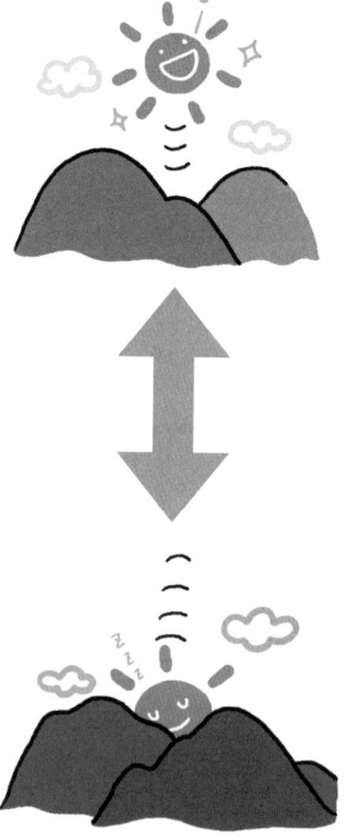

單字介紹

反対(はんたい) ha.n.ta.i	相反

例句

北(きた)は 南(みなみ)の 反対(はんたい)です。 北是南的相反。

右(みぎ)は 左(ひだり)の 反対(はんたい)です。 右是左的相反。

上(うえ)は 下(した)の 反対(はんたい)です。 上是下的相反。

「強(つよ)い」は 「弱(よわ)い」の 反対(はんたい)です。 強是弱的相反。

「短(みじか)い」は 「長(なが)い」の 反対(はんたい)です。 短是長的相反。

「泣(な)く」は 「笑(わら)う」の 反対(はんたい)です。 哭是笑的相反。

「吸(す)う」は 「吐(は)く」の 反対(はんたい)です。 吸是吐的相反。

「借(か)りる」は 「貸(か)す」の 反対(はんたい)です。 借是貸的相反。

97

東(ひがし)と西(にし)とは反対(はんたい)の方角(ほうがく)です
東和西是相反的方位

句型架構 名詞と ＋ 名詞とは ＋ 反対(はんたい)の名詞です

東(ひがし)と	西(にし)とは	反対(はんたい)の方角(ほうがく)です
東和	西	相反的方位

解說 「AとBは反対(はんたい)の～です」的意思是「Ａ和Ｂ是相反的～」、「Ａ和Ｂ的～是相反的」。

單字介紹

性格(せいかく) se.i.ka.ku	個性
繁華街(はんかがい) ha.n.ka.ga.i	鬧區
飛行場(ひこうじょう) hi.ko.o.jo.o	機場

例句

黒(くろ)と　白(しろ)とは　反対(はんたい)の色(いろ)　です。　黒和白是相反的顏色。

親(おや)と　子(こ)とは　反対(はんたい)の立場(たちば)　です。　父母和小孩子是相反的立場。

善(ぜん)と　悪(あく)とは　反対(はんたい)の意味(いみ)　です。　善和惡是相反的意思。

彼女(かのじょ)と　私(わたし)とは　反対(はんたい)の意見(いけん)　です。　她和我是持相反的意見。

うちと　学校(がっこう)とは　反対(はんたい)の方向(ほうこう)　です。　我家和學校是相反的方向。

彼(かれ)と　あなたとは　反対(はんたい)の性格(せいかく)　です。　他和你是相反的個性。

飛行場(ひこうじょう)と　繁華街(はんかがい)とは　反対(はんたい)の方向(ほうこう)　です。　飛機場和市區是相反的方向。

父(ちち)と　僕(ぼく)とは　反対(はんたい)の考え方(かんがえかた)　です。　父親和我是相反的思考方式。

98

コーヒーを飲(の)みましょう

喝杯咖啡吧！

句型架構

動詞ます形	+	ましょう
コーヒーを飲(の)み		ましょう
咖啡　喝		吧！

「飲み」是五段動詞「飲む」的ます形。

解說　「一起～吧！」。通常表示意志或邀約。

「**～ましょう**」前面接的是動詞的**ます**形。

單字介紹

せっかく se.k.ka.ku	難得
山登(やまのぼ)り ya.ma.no.bo.ri	登山
ゴルフ go.ru.fu	高爾夫（golf）

例句

一緒(いっしょ)に**歌(うた)い** ましょう。 一起唱歌吧！
(五動・歌う)

一緒(いっしょ)にディズニーランドに**行(い)き** ましょう。 一起去迪士尼樂園吧！
(五動・行く)

せっかくの休(やす)みだから旅行(りょこう)に**行(い)き** ましょう。 難得的休假，（一起）去旅行吧！
(五動・行く)

今度(こんど)一緒(いっしょ)に映画(えいが)を**見(み)** ましょう。 下次一起看個電影吧！
(上動・見る)

浜崎(はまさき)あゆみのコンサートを**見(み)** ましょう。 （一起）去看濱崎步的演唱會吧！
(上動・見る)

スキーを**し** ましょう。 （一起）滑雪吧！
(サ変・する)

一緒(いっしょ)にゴルフを**し** ましょう。 一起打高爾夫球吧！
(サ変・する)

今度(こんど)の週末(しゅうまつ)に山登(やまのぼ)りを**し** ましょう。 下次的週末（一起）去爬山吧！
(サ変・する)

99

手伝(てつだ)いましょうか
要不要我幫你呢？

句型架構

動詞ます形	+	ましょうか
手伝(てつだ)い		ましょうか
幫忙		要不要呢？

「手伝い」是五段動詞「手伝う」的ます形。

解說

「要不要～呢？」。用來詢問對方的意願或邀約。

「**～ましょうか**」後面的「**か**」用來表示詢問。

單字介紹

肩(かた)をもむ ka.ta.wo.mo.mu	按摩肩膀
マフラー ma.fu.ra.a	圍巾（muffler）
剣道部(けんどうぶ) ke.n.do.o.bu	劍道社
ショッピング sho.p.pi.n.gu	購物 （shopping）

例句

もう帰り(かえ) （五動・帰る）	ましょうか。	要不要回去了呢？
肩(かた)をもみ （五動・もむ）	ましょうか。	要不要幫你按摩肩膀呢？
洋服(ようふく)を買い(か) （五動・買う）	ましょうか。	要不要買衣服呢？
一緒(いっしょ)に行き(い) （五動・行く）	ましょうか。	要不要一起去呢？
剣道部(けんどうぶ)に入り(はい) （五動・入る）	ましょうか。	要不要參加劍道社呢？
マフラーを編み(あ) （五動・編む）	ましょうか。	要不要來織圍巾呢？
食事(しょくじ)をし （サ変・する）	ましょうか。	要不要吃飯呢？
ショッピングをし （サ変・する）	ましょうか。	要不要逛街呢？

100

日本(にほん)へ行(い)きませんか
要不要去日本呢？

句型架構

動詞ます形 + ませんか

日本(にほん)へ行(い)き ませんか

去日本 要不要呢?

「行き」是五段動詞「行く」的ます形。

解說

「要不要～呢？」。用來詢問對方的意願，表示邀約。比起上一句型，態度顯得更積極。

例句

仕事(しごと)を**探(さが)し** ません か。 要不要找工作呢？
（五動・探す）

一緒(いっしょ)に**遊(あそ)び** ませんか。 要不要一起玩呢？
（五動・遊ぶ）

もう**帰(かえ)り** ませんか。 要不要回去了呢？
（五動・帰る）

ちょっと**話(はな)し** ませんか。 要不要談一談呢？
（五動・話す）

映画(えいが)を**見(み)** ませんか。 要不要看電影呢？
（上動・見る）

早(はや)く**決(き)め** ませんか。 要不要趕快做出決定呢？
（下動・決める）

一緒(いっしょ)に**食(た)べ** ませんか。 要不要一起吃呢？
（下動・食べる）

旅行(りょこう)し ませんか。 要不要去旅行呢？
（サ変・旅行する）

101

お歌(うた)いになりませんか
您要不要唱歌呢？

句型架構

お動詞ます形に ＋ なりませんか

お歌(うた)いに	なりませんか
唱歌	要不要呢?

「歌い」是五段動詞「歌う」的ます形。

解說

「（您）要不要～呢？」。本句型和上一句型的意思雖然相同，都是用來詢問對方的意願，但更禮貌、尊敬，所以通常用於與長輩、上司、客戶…等說話時。

單字介紹

足裏(あしうら)マッサージ (massage) a.shi.u.ra.ma.s.sa.a.ji	腳底按摩
着替(きが)える ki.ga.e.ru	換衣服

例句

お飲(の)みに　なりませんか。
（五動・飲む）

（您）要不要喝呢？

ピアノをお弾(ひ)きに　なりませんか。
（五動・弾く）

（您）要不要彈鋼琴呢？

あなたもお買(か)いに　なりませんか。
（五動・買う）

（您）要不要也買呢？

東京(とうきょう)へお引越(ひっこ)しに　なりませんか。
（五動・引っ越す）

（您）要不要搬到東京呢？

今日(きょう)は早(はや)めにお休(やす)みに　なりませんか。
（五動・休む）

（您）今天要不要早點休息呢？

足裏(あしうら)マッサージをお試(ため)しに　なりませんか。
（五動・試す）

（您）要不要試試看腳底按摩呢？

こちらでお着替(きが)えに　なりませんか。
（下動・着替える）

（您）要不要來這裡換衣服呢？

温泉旅行(おんせんりょこう)にお出掛(でか)けに　なりませんか。
（下動・出掛ける）

（您）要不要去溫泉旅行呢？

お買(か)いなさい
請買吧！

句型架構

お動詞ます形 ＋ なさい

お買(か)い　なさい

買　請

「買い」是五段動詞「買う」的ます形。

解說

「請～」。帶有輕微命令的語氣。

一般多對晚輩、家人、朋友關係較親近的人使用，例如：父母對小孩、老師對學生。

但像「**お帰(かえ)りなさい**／您回來了」、「**お休(やす)みなさい**／晚安」則已經變成了一種慣用說法。

單字介紹

きちんと ki.chi.n.to	好好地、整齊地

例句

お立(た)ち なさい。　請站起來！
（五動・立つ）

お謝(あやま)り なさい。　請道歉！
（五動・謝る）

本(ほん)を**お読(よ)み** なさい。　請看書！
（五動・読む）

彼(かれ)を**お呼(よ)び** なさい。　請（幫我）叫他！
（五動・呼ぶ）

きちんと**お話(はな)し** なさい。　請好好地說清楚！
（五動・話す）

お食(た)べ なさい。　請吃！
（下動・食べる）

お掛(か)け なさい。　請坐！
（下動・掛ける）

早(はや)く**お決(き)め** なさい。　請趕快做決定！
（下動・決める）

103

ご返事(へんじ)なさい
請回答！

句型架構

ご漢語動詞 + なさい

ご返事(へんじ)	なさい
回答	請

解說

「ご」是用來表示敬語的接頭詞。「漢語動詞」是源於中文的讀音，由兩個漢字組合而成的動詞，通常前面接「ご」。（但也有少數例外的情況。）

例 ご返事(へんじ)、ご反省(はんせい)、ご結婚(けっこん)。

單字介紹

反省(はんせい) ha.n.se.i	反省
節水(せっすい) se.s.su.i	節約用水
発言(はつげん) ha.tsu.ge.n	發言

例句

ご質問（しつもん）　なさい。　請發問！

ご反省（はんせい）　なさい。　請（好好）反省！

ご説明（せつめい）　なさい。　請說明！

ご結婚（けっこん）　なさい。　請（趕快）結婚！

ご連絡（れんらく）　なさい。　請聯絡！

ご発言（はつげん）　なさい。　請發言！

ご遠慮（えんりょ）　なさい。　請不要客氣！

ご節水（せっすい）　なさい。　請節約用水！

お入(はい)りください
請進

句型架構

お動詞ます形	+	ください
お入(はい)り		ください
進來		請

「入り」是五段動詞「入る」的ます形。

解說 用尊敬的語氣請求對方做某些動作。另外，如果把「**お～ください**」改成「**お～くださいませんか**／是否能請您～」，語氣則顯得更加客氣。

例 少々(しょうしょう)**お**待(ま)ち**くださいませんか**。／是否能請您稍等一下呢？

例句

お話(はな)し ください。　請說。
（五動・話す）

お座(すわ)り ください。　請坐。
（五動・座る）

お貸(か)し ください。　請借（我）。
（五動・貸す）

前(まえ)へ**お進(すす)み** ください。　請往前進。
（五動・進む）

お食(た)べ ください。　請吃。
（下動・食べる）

お見(み)せ ください。　請給我看看。
（下動・見せる）

お教(おし)え ください。　請告訴我。
（下動・教える）

お知(し)らせ ください。　請通知（我）。
（下動・知らせる）

105

ご連絡（れんらく）ください
請連絡

句型架構

ご漢語動詞 ＋ ください

ご連絡（れんらく）	ください
連絡	請

解說

「請～」。用尊敬的語氣請求對方做某些動作。尊敬程度比「**～てください**／請～（句型 106）」來得高。用於長輩、上司、客人等。

單字介紹

勘弁（かんべん） ka.n.be.n	原諒	試食（ししょく） shi.sho.ku	試吃
発表（はっぴょう） ha.p.pyo.o	發表	了承（りょうしょう） ryo.o.sho.o	諒解
検討（けんとう） ke.n.to.o	審核	協力（きょうりょく） kyo.o.ryo.ku	協助

例句

ご注意（ちゅうい）ください。　請注意。

ご勘弁（かんべん）ください。　請原諒。

ご試食（ししょく）ください。　請試吃。

ご確認（かくにん）ください。　請確認。

ご発表（はっぴょう）ください。　請發表。

ご了承（りょうしょう）ください。　請諒解。

ご検討（けんとう）ください。　請審核。

ご協力（きょうりょく）ください。　請協助。

手を洗ってください
請洗手

句型架構

動詞て形 + て(で) + ください

手を洗って　ください

洗手　請

「洗っ」是五段動詞「洗う」的て形。

解說

多用於說話者認為對方「做～動作」是理所當然的情況下，所以多對晚輩或同輩使用。

如果把本句型改成「**～てくださいませんか**／是否能請您～」，語氣則顯得較委婉、客氣。

例 教え**てくださいませんか**。／能否請您告訴我呢？

單字介紹

カーテン ka.a.te.n	窗簾（curtain）

例句

急(いそ)**い**で　ください。　請快一點。
(五動・急ぐ)

きれいに**書**(か)**い**て　ください。　請寫漂亮一點。
(五動・書く)

もう一度(いちど)**言**(い)**っ**て　ください。　請再說一次。
(五動・言う)

ゆっくり**言**(い)**っ**て　ください。　請說慢一點。
(五動・言う)

この日記(にっき)を**読**(よ)**ん**で　ください。　請看這本日記。
(五動・読む)

その窓(まど)を**閉**(し)**め**て　ください。　請關上那扇窗。
(下動・閉める)

カーテンを**開**(あ)**け**て　ください。　請打開窗簾。
(下動・開ける)

早(はや)く**来**(き)て　ください。　請趕快來。
(カ変・来る)

107

言(い)ってご覧(らん)なさい
請說說看

句型架構

動詞て形 + て(で) + ご覧(らん)なさい

言(い)って ご覧(らん)なさい

說 請～看看

「言っ」是五段動詞「言う」的て形。

解說

「**ご覧(らん)**」是「**見(み)る**」的敬語，意思是「看、觀覽」。因為「**言(い)う**」和「**ご覧(らん)**」都是動詞，所以要用動詞**て**形來接續。

例句

飲(の)んで　ご覧(らん)なさい。　請喝喝看。
(五動・飲む)

読(よ)んで　ご覧(らん)なさい。　請唸唸看。
(五動・読む)

探(さが)して　ご覧(らん)なさい。　請找找看。
(五動・探す)

考(かんが)えて　ご覧(らん)なさい。　請想想看。
(下動・考える)

見(み)せて　ご覧(らん)なさい。　請給我看看。
(下動・見せる)

食(た)べて　ご覧(らん)なさい。　請吃吃看。
(下動・食べる)

比(くら)べて　ご覧(らん)なさい。　請比較看看。
(下動・比べる)

訳(やく)して　ご覧(らん)なさい。　請翻譯看看。
(サ変・訳する)

108

順(じゅん)にしてください
請按照順序

句型架構

副詞	+ してください
順(じゅん)に	してください
照順序	請

名詞「順／順序」加上「に」，就變成副詞「依序」的意思。

解說

「請～」。表示請求、命令。

因為有指示、命令的意思，所以對長輩或不熟識的人最好避免使用才不會失禮。

例句

早(はや)く　してください。　請快點。

静(しず)かに　してください。　請安靜。

大切(たいせつ)に　してください。　請好好珍惜。

自由(じゆう)に　してください。　請隨意。

きれいに　してください。　請弄乾淨一點。

お大事(だいじ)に　してください。　請好好保重。

ゆっくり　してください。　請慢一點。

しっかり　してください。　請振作一點。

109

お読(よ)みになってください
請您看

句型架構

お動詞ます形 ＋ になってください

お読(よ)み　になってください

閱讀　請（您）

「読み」是五段動詞「読む」的ます形。

解說

「請～」。表示尊敬，大多對上司或長輩使用。

例句

お立(た)ち　になってください。　請（您）站起來。
（五動・立つ）

お帰(かえ)り　になってください。　請（您）回去。
（五動・帰る）

お聞(き)き　になってください。　請（您）聽。
（五動・聞く）

お書(か)き　になってください。　請（您）寫。
（五動・書く）

お待(ま)ち　になってください。　請（您）稍等。
（五動・待つ）

お飲(の)み　になってください。　請（您）喝。
（五動・飲む）

お掛(か)け　になってください。　請（您）坐下。
（下動・掛ける）

お調(しら)べ　になってください。　請（您）查一下。
（下動・調べる）

110

怒(おこ)らないでください
請不要生氣

句型架構

動詞ない形	+ ない	+ でください
怒(おこ)ら	ない	でください
生氣	不要	請

解說

五段動詞的**ない**形：

例 **怒(おこ)る**→ **怒(おこ)ら**（ない形）

上・下一段動詞的**ない**形：

例 **食(た)べる**→ **食(た)べ**（ない形）

カ行變格動詞的**ない**形：

例 **来(く)る**→ **来(こ)**（ない形）

サ行變格動詞的**ない**形：

例 **する**→ **し**（ない形）

例句

動(うご)かない（五動・動く） でください。 請不要動。

泣(な)かない（五動・泣く） でください。 請不要哭。

笑(わら)わない（五動・笑う） でください。 請不要笑。

うそを言(い)わない（五動・言う） でください。 請不要說謊。

写真(しゃしん)を撮(と)らない（五動・撮る） でください。 請不要拍照。

そのことを聞(き)かない（五動・聞く） でください。 請不要問那件事。

忘(わす)れない（下動・忘れる） でください。 請不要忘記。

食(た)べない（下動・食べる） でください。 請不要吃。

111

ドライブをしないでください
請不要兜風

句型架構

名詞(を)しない	+	でください
ドライブ(を)しない		でください
兜風　不要		請

解說　「**しない**」是「**する**」的**ない**形（否定形），表示否定。

サ行變格動詞「**する**」可以接在具有動詞意義的名詞下，變成サ行變格活用的複合動詞。

例 **ドライブ**（具有動詞意義的名詞）→**ドライブ(を)する**（**サ**行變格活用的複合動詞），一般口語中「**を**」可省略。

單字介紹

破壊（はかい）ha.ka.i	破壞
想像（そうぞう）so.o.zo.o	想像
誤解（ごかい）go.ka.i	誤會
邪魔（じゃま）ja.ma	打擾

例句

無理（むり）(を)しない　でください。　請不要勉強。

破壊（はかい）(を)しない　でください。　請不要破壞。

浮気（うわき）(を)しない　でください。　請不要搞外遇。

誤解（ごかい）(を)しない　でください。　請不要誤會。

心配（しんぱい）(を)しない　でください。　請不要擔心。

緊張（きんちょう）(を)しない　でください。　請不要緊張。

変（へん）な想像（そうぞう）(を)しない　でください。　請不要亂想像。

勉強（べんきょう）の邪魔（じゃま）(を)しない　でください。　請不要打擾（我）唸書。

112

♪112

心配(しんぱい)しないように
請不要擔心

句型架構

サ行変格動詞ない形 + ない +	ようにの
心配(しんぱい)しない	ように
擔心 不要	（願望、要求）

解說

「請不要～」。用來表示忠告或勸告。希望對方不要～。本句型省略了「**～しないように**」後面常接的「**してください**（句型 113）」、「**願(ねが)います**（句型 119）」。

例 心配(しんぱい)しないように**してください**。／請不要擔心。（句型113）
心配(しんぱい)しないように**願(ねが)います**。／請不要擔心。（句型119）

單字介紹

怪我(けが)する ke.ga.su.ru	受傷
幼稚(ようち) yo.o.chi	幼稚的

例句

失敗（しっぱい）**し**ない　ように。　請不要失敗。

怪我（けが）**し**ない　ように。　請（小心）不要受傷。

後悔（こうかい）**し**ない　ように。　請不要（讓自己）後悔。

忘れ物（わすれもの）**し**ない　ように。　請不要忘記（帶走）東西。

夏（なつ）**バテし**ない　ように。　請（小心）不要中暑。

幼稚（ようち）な**まねし**ない　ように。　請不要做幼稚的舉動。

急（きゅう）に時間（じかん）を**変更**（へんこう）**し**ない　ように。　請不要突然改時間。

知（し）らない人（ひと）を**信用**（しんよう）**し**ない　ように。　請不要相信陌生人。

食(た)べないようにしてください
請不要吃

句型架構 動詞ない形 + ない + ようにに + してください

食(た)べない	ように	してください
吃 不要	（願望、要求）	請

解說 「請不要～」。希望對方避免不要～。

「**よう**」是推量助動詞，表示意志、決心；「**に**」是終助詞，兩者形成連語，有希望、願望的意思。

單字介紹

煙草(たばこ) ta.ba.ko	香菸
冗談(じょうだん) jo.o.da.n	玩笑

例句

壊(こわ)**さ**ない（五動・壊す） ように してください。 請不要弄壞。

煙草(たばこ)を**吸**(す)**わ**ない（五動・吸う） ように してください。 請不要抽菸。

廊下(ろうか)を**走**(はし)**ら**ない（五動・走る） ように してください。 請不要在走廊上跑。

冗談(じょうだん)を**言**(い)**わ**ない（五動・言う） ように してください。 請不要開玩笑。

赤(あか)ちゃんを**起**(お)**こさ**ない（五動・起こす） ように してください。 請不要吵醒寶寶。

忘(わす)**れ**ない（下動・忘れる） ように してください。 請不要忘記。

間違(まちが)**え**ない（下動・間違える） ように してください。 請不要弄錯。

遅刻(ちこく)**し**ない（サ変・遅刻する） ように してください。 請不要遲到。

114

カンニングのないようにしてください
請不要作弊

句型架構

名詞のない ＋ ように ＋ してください

カンニングのない	ように	してください
作弊 不要	（願望、要求）	請

「カンニング」是由英語 cunning 演變來的外來語。

解說

「請不要～」。

本句型和前一句型的意思相同，只是前一句型接續的是動詞，而本句型接續的是名詞。

單字介紹

トラブル to.ra.bu.ru	問題、狀況 (trouble)
ミス mi.su	失誤 (miss)
記入（きにゅう） ki.nyu.u	填寫

例句

誤解（ごかい）のない　ようにしてください。　請不要誤解。

失礼（しつれい）のない　ようにしてください。　請不要（做出）失禮（的舉動）。

迷惑（めいわく）のない　ようにしてください。　請不要（給別人）添麻煩。

欠席（けっせき）のない　ようにしてください。　請不要缺席。

間違（まちが）いのない　ようにしてください。　請不要弄錯。

トラブルのない　ようにしてください。　請不要出狀況。

記入漏（きにゅうも）れのない　ようにしてください。　請不要漏填。

入力（にゅうりょく）ミスのない　ようにしてください。　請不要打錯字。

115

ご喫煙(きつえん)をなさらないでください
請您不要抽菸

句型架構

名詞(を) ＋ なさらないでください

ご喫煙(きつえん)を	なさらないでください
抽菸	請(您)不要

由於「なさらないでください」是敬語用法，前面接的名詞常會加「ご」構成完整的敬語句。

解說

「**なさらない**」的辭書形是「**なさる**／做、為」。「**なさる**」是「**なす**（＝**する**）」的敬語，所以本句型是「**～しないでください**（句型 111）」的敬語說法，通常對長輩使用。

本句型的「**を**」在口語中可以省略。

單字介紹

放棄(ほうき) ho.o.ki	放棄
盜作(とうさく) to.o.sa.ku	抄襲
退任(たいにん) ta.i.ni.n	退休、卸任

例句

ご苦労(くろう)(を)　なさらないでください。　請（您）不要操心。

ご無理(むり)(を)　なさらないでください。　請（您）不要勉強。

ご放棄(ほうき)(を)　なさらないでください。　請（您）不要放棄。

ご使用(しよう)(を)　なさらないでください。　請（您）不要使用。

ご退任(たいにん)(を)　なさらないでください。　請（您）不要卸任。

ご遠慮(えんりょ)(を)　なさらないでください。　請（您）不要客氣。

盗作(とうさく)(を)　なさらないでください。　請（您）不要抄襲。

無断盗用(むだんとうよう)(を)　なさらないでください。　請（您）不要擅自盜用。

お早(はや)く願(ねが)います
麻煩您快一點

句型架構

お／ご副詞	+	願(ねが)います
お早(はや)く		願(ねが)います
快一點		麻煩（您）

解說

「麻煩（您）～」、「請（您）～」。用來拜託、請求對方做某事。

本句型「**願(ねが)います**」的前面是接副詞，可和上一句型互相比較看看。

單字介紹

手短(てみじか) te.mi.ji.ka	簡短
慎重(しんちょう) shi.n.cho.o	慎重
手柔らか(てやわらか) te.ya.wa.ra.ka	手下留情

例句

ご予約(よやく)はお早(はや)めに　願(ねが)います。　麻煩（您）提早預約。

お静(しず)かに　願(ねが)います。　麻煩（您）安靜一點。

お手短(てみじか)に　願(ねが)います。　麻煩（您）簡短一點。

お手柔(てやわ)らかに　願(ねが)います。　麻煩（您）手下留情。

ご慎重(しんちょう)に　願(ねが)います。　麻煩（您）慎重一點。

ごしっかり　願(ねが)います。　麻煩（您）振作一點。

ごゆっくり　願(ねが)います。　麻煩（您）慢一點。

ごはっきり　願(ねが)います。　麻煩（您）說清楚一點。

117

ご停車願います（ていしゃねが）
麻煩您停車

句型架構 ご漢語動詞／お動詞ます形 + 願います（ねが）

ご停車（ていしゃ） 願います（ねが）
停車 麻煩（您）

「停車」是漢語動詞，所以前面接「ご」。

解說 「麻煩（您）～」、「請（您）～」。表示請求對方做某動作，語氣較為客氣，多用於正式場合。

單字介紹

声援（せいえん） se.i.e.n	聲援
支援（しえん） shi.e.n	支援
起立（きりつ） ki.ri.tsu	起立

例句

ご記入（きにゅう） （漢動）	願（ねが）います。	麻煩（您）填寫。
ご声援（せいえん） （漢動）	願（ねが）います。	麻煩（您）聲援。
ご起立（きりつ） （漢動）	願（ねが）います。	麻煩（您）起立。
ご協力（きょうりょく） （漢動）	願（ねが）います。	麻煩（您）協助。
ご支援（しえん） （漢動）	願（ねが）います。	麻煩（您）支援。
お送（おく）り （五動・送る）	願（ねが）います。	麻煩（您）寄。
お許（ゆる）し （五動・許す）	願（ねが）います。	麻煩（您）原諒。
お調（しら）べ （下動・調べる）	願（ねが）います。	麻煩（您）查一下。

118

ご指導(しどう)お願(ねが)いできませんか

能否麻煩您指導呢？

句型架構

ご漢語動詞　（を） お動詞ます形（を） お／ご副詞	+	お願(ねが)いできませんか
ご指導(しどう)を		お願(ねが)いできませんか
指導		能麻煩（您）嗎?

「指導」是漢語動詞，所以前面接「ご」。

解說

「**できませんか**」的辭書形是「**できる**」，意思是「能夠、可以」。「**できませんか**」的意思是「可以～嗎？」。

單字介紹

通訳(つうやく) tsu.u.ya.ku	口譯
返却(へんきゃく) he.n.kya.ku	歸還
寄付(きふ) ki.fu	捐款

例句

ご通訳(つうやく)（を） （漢動）	**お願(ねが)いできませんか。**	能否麻煩您口譯呢？
ご寄付(きふ)（を） （漢動）	**お願(ねが)いできませんか。**	能否麻煩您捐（款）呢？
ご返却(へんきゃく)（を） （漢動）	**お願(ねが)いできませんか。**	能否麻煩您歸還呢？
ご協力(きょうりょく)（を） （漢動）	**お願(ねが)いできませんか。**	能否麻煩您協助呢？
お手伝(てつだ)い（を） （五動・手伝う）	**お願(ねが)いできませんか。**	能否麻煩您幫忙呢？
お知(し)らせ（を） （下動・知らせる）	**お願(ねが)いできませんか。**	能否麻煩您通知（我）呢？
お静(しず)かに （副）	**お願(ねが)いできませんか。**	能否麻煩您安靜一點呢？
お早(はや)めに （副）	**お願(ねが)いできませんか。**	能否麻煩您提前呢？

119 早(はや)く処理(しょり)するように願(ねが)います
麻煩您盡快處理

句型架構

動詞辭書形 動詞ない形 + ない	+	ように	+	願(ねが)います
早(はや)く処理(しょり)する		ように		願(ねが)います
快點 處理		(願望、要求)		麻煩(您)

解說

「**ように**」表示願望、要求，後面加上「**お願(ねが)いします**」、「**お願(ねが)い致(いた)します**」語氣聽起來會更委婉、客氣。

例 早(はや)く処理(しょり)するように**お願(ねが)いします／お願(ねが)い致(いた)します**。（更謙虛）

單字介紹

車間距離(しゃかんきょり) 行車距離
sha.ka.n.kyo.ri

例句

電話(でんわ)を**くださる** ように 願(ねが)います。
（五動）
請（您）打個電話給我。

車間距離(しゃかんきょり)を**保(たも)つ** ように 願(ねが)います。
（五動）
請（您）保持行車距離。

お早(はや)く**いらっしゃる** ように 願(ねが)います。
（五動）
請（您）盡早到。

大(おお)きな声(こえ)で返事(へんじ)を**する** ように 願(ねが)います。
（サ変）
請（您）大聲回答。

あまり**急(いそ)が**ない ように 願(ねが)います。
（五動・急ぐ）
請（您）不要太著急。

勝手(かって)に**入(はい)ら**ない ように 願(ねが)います。
（五動・入る）
請（您）不要隨便進來。

慌(あわ)てない ように 願(ねが)います。
（下動・慌てる）
請（您）不要慌張。

絶対(ぜったい)に**遅(おく)れ**ない ように 願(ねが)います。
（下動・遅れる）
請（您）絕對不要遲到。

120

ビールを飲(の)んでいただきます
請您喝啤酒

句型架構

動詞て形 + て(で) + いただきます

ビールを飲(の)んで　いただきます

喝啤酒　請(您)

「飲ん」是五段動詞「飲む」的て形。

解說

「請(您)~」。用來請求長輩或尊敬的人，幫自己做某事。

多用於正式的場合中與上司、客戶、長輩之間的談話。尊敬程度高於「**お／ご~ください**(句型 104・105)」、「**~てください**(句型 106)」。

單字介紹

体験談(たいけんだん) ta.i.ke.n.da.n　經驗談

例句

お金（かね）を払（はら）って いただきます。 請（您）付錢。
（五動・払う）

写真（しゃしん）を撮（と）って いただきます。 請（您）拍照。
（五動・撮る）

体験談（たいけんだん）を話（はな）して いただきます。 請（您）說說您的經驗談。
（五動・話す）

しばらく待（ま）って いただきます。 請（您）稍等一下。
（五動・待つ）

こちらへいらっしゃって いただきます。 請（您）過來這裡。
（五動・いらっしゃる）

早（はや）く寝（ね）て いただきます。 請（您）早點睡。
（下動・寝る）

これを食（た）べて いただきます。 請（您）嚐嚐這個。
（下動・食べる）

サインをして いただきます。 請（您）簽名。
（サ変・する）

121

手伝(てつだ)っていただきたいのです
我想請您幫個忙

句型架構

動詞て形 + て(で) + いただきたいのです

手伝(てつだ)って	いただきたいのです
幫忙	想請您

「手伝っ」是五段動詞「手伝う」的て形。

解說

「（我）想請（您）～」。希望對方做某事。

本句型是「**動詞て形+て(で)+もらいたい**」的謙遜說法，語氣較為客氣。如果去掉「**のです**」只用「**～ていただきたい**」，雖然意思相同，但語氣聽起來則較為強烈。

單字介紹

両替(りょうがえ) ryo.o.ga.e 換零錢

例句

話(はなし)を**聞い**て　いただきたいのです。　（我）想請您聽我說幾句話。
（五動・聞く）

少(すこ)し**休ん**で　いただきたいのです。　（我）想請您稍微休息一下。
（五動・休む）

もう少(すこ)し**待っ**て　いただきたいのです。　（我）想請您再稍等一下。
（五動・待つ）

この手紙(てがみ)を**読ん**で　いただきたいのです。　（我）想請您看看這封信。
（五動・読む）

ヨガを**教え**て　いただきたいのです。　（我）想請您教我瑜珈。
（下動・教える）

臭豆腐(しゅうどうふ)を**食べ**て　いただきたいのです。　（我）想請您吃一下臭豆腐。
（下動・食べる）

両替(りょうがえ)を**し**て　いただきたいのです。　（我）想請您幫我換零錢。
（サ変・する）

我(わ)が家(や)へ**来**(き)て　いただきたいのです。　（我）想請您來我家。
（カ変・来る）

122

お止(や)めになっていただきたいのです
懇請您住手

句型架構

お動詞ます形 ご漢語動詞	になって	+	いただきたいのです

お止(や)めになって　　いただきたいのです
停止　　想請您～

解說　「懇請您～」。

多用於正式的場合，或對上司、長輩使用。本句型比上一句型來得更加尊敬有禮。

例句

お許(ゆる)しになって　いただきたいのです。　懇請您原諒。
（五動・許す）

お入(はい)りになって　いただきたいのです。　懇請您進來。
（五動・入る）

早(はや)くお休(やす)みになって　いただきたいのです。　懇請您早點休息。
（五動・休む）

早(はや)くお帰(かえ)りになって　いただきたいのです。　懇請您早點回家。
（五動・帰る）

会場(かいじょう)へお越(こ)しになって　いただきたいのです。　懇請您到會場來。
（五動・越す）

早(はや)くお食(た)べになって　いただきたいのです。　懇請您盡早食用。
（下動・食べる）

お買(か)い求(もと)めになって　いただきたいのです。　懇請您購買。
（下動・買い求める）

ご説明(せつめい)になって　いただきたいのです。　懇請您說明。
（漢動）

123

♪123

彼(かれ)は優(やさ)しくてハンサムです
他既溫柔又帥氣

句型架構

主詞は ＋ イ形容詞語幹くて / ナ形容詞語幹で

彼(かれ)は	優(やさ)しくて	ハンサムです
他	溫柔	帥氣

「優し」是イ形容詞「優しい」的語幹。

解說

イ形容詞語幹＋「くて」、ナ形容詞語幹＋「で」，用來表示並列。

單字介紹

すべすべ su.be.su.be	光滑	甘(あま)えん坊(ぼう) a.ma.e.n.bo.o	愛撒嬌
素直(すなお) su.na.o	老實	穏(おだ)やか o.da.ya.ka	穩重
自立(じりつ)する ji.ri.tsu.su.ru	獨立		

例句

富士山（ふじさん）は	**高（たか）くて** （イ形・高い）	美（うつく）しい山（やま）です。	富士山是一座又高又美麗的山。
太郎（たろう）さんは	**賢（かしこ）くて** （イ形・賢い）	体（からだ）も丈夫（じょうぶ）です。	太郎既聰明又強壯。
彼女（かのじょ）の肌（はだ）は	**白（しろ）くて** （イ形・白い）	すべすべです。	她的肌膚既雪白又光滑。
うちの猫（ねこ）は	**かわいくて** （イ形・かわいい）	甘（あま）えん坊（ぼう）です。	我家的貓既可愛又愛撒嬌。
彼（かれ）は	**有名（ゆうめい）で** （ナ形・有名）	お金（かね）持（も）ちです。	他既有名又是有錢人。
彼（かれ）は	**素直（すなお）で** （ナ形・素直）	穏（おだ）やかです。	他既老實又穩重。
この部屋（へや）は	**静（しず）かで** （ナ形・静か）	きれいです。	這間房間既安靜又乾淨。
彼女（かのじょ）は	**真面目（まじめ）で** （ナ形・真面目）	自立（じりつ）しています。	她既認真又獨立。

124

私(わたし)はよくテレビを見(み)ながらパソコンをします
我常常邊看電視邊打電腦

句型架構

主詞 ＋ 動詞ます形ながら ＋ 動詞ます形 ＋ ます

私(わたし)は	よくテレビを見(み)ながら	パソコンをします
我	常常邊看電視	打電腦

「見」是上一段動詞「見る」的ます形。

解說

「ながら」是接續助詞，意思是「一邊～一邊～」、「一面～一面～」。記得「**ながら**」前面要接動詞的ます形哦！

單字介紹

うなずく u.na.zu.ku　點頭

例句

彼女(かのじょ)は **泣(な)き**ながら **話(はな)します**。
（五動・泣く）
她邊哭邊說。

先生(せんせい)は **笑(わら)い**ながら **うなずきます**。
（五動・笑う）
老師邊笑邊點頭。

太郎(たろう)さんは 道(みち)を**歩(ある)き**ながら 本(ほん)を**読(よ)みます**。
（五動・歩く）
太郎邊走路邊看書。

彼女(かのじょ)は 日記(にっき)を**書(か)き**ながら 考(かんが)え事(ごと)を**します**。
（五動・書く）
她邊寫日記邊想事情。

彼(かれ)は 音楽(おんがく)を**聴(き)き**ながら **寝(ね)ます**。
（五動・聴く）
他邊聽音樂邊睡。

兄(あに)は タバコを**吸い**ながら テレビを**見(み)ます**。
（五動・吸う）
哥哥邊抽煙邊看著電視。

お父(とう)さんは 新聞(しんぶん)を**見(み)**ながら お茶(ちゃ)を**飲(の)みます**。
（上動・見る）
爸爸邊看報紙邊喝茶。

私(わたし)は いつも電話(でんわ)を**し**ながら パソコンを**打(う)ちます**。
（サ変・する）
我總是邊講電話邊打電腦。

125

彼女(かのじょ)は泣(な)いたり叫(さけ)んだりしています
她又哭又叫

句型架構

主詞	+	動詞た形 + たり(だり)	+	動詞た形 + たり(だり)	+	しています
彼女(かのじょ)は		泣(な)いたり		叫(さけ)んだり		しています
她		又哭		又叫		正在

「泣い」是五段動詞「泣く」的た形。

「叫ん」是五段動詞「叫ぶ」的た形。

解說

「又～又～」、「時而～時而～」。或根據前後關係適當地譯成中文。

「**たり**」是助詞，用來表示兩個動作的並列或交替進行。

單字介紹

イラスト i.ra.su.to	插畫 (illustration)
昼間(ひるま) hi.ru.ma	白天

例句

雨(あめ)は　**降(ふ)っ**たり　**止(や)ん**だり　しています。
（五動・降る）　（五動・止む）
雨又下又停。

大勢(おおぜい)の人(ひと)が　**行(い)っ**たり　**来(き)**たり　しています。
（五動・行く）　（カ変・来る）
很多人來來往往。

赤(あか)ちゃんは　**泣(な)い**たり　**笑(わら)っ**たり　しています。
（五動・泣く）　（五動・笑う）
嬰兒又哭又笑。

彼(かれ)は　本(ほん)を**読(よ)ん**だり　お茶(ちゃ)を**飲(の)ん**だり　しています。
（五動・読む）　（五動・飲む）
他時而看書時而喝茶。

彼女(かのじょ)は　日記(にっき)を**書(か)い**たり　イラストを**描(か)い**たり　しています。
（五動・書く）　（五動・描く）
她時而寫日記時而畫插圖。

みんなは　忘年会(ぼうねんかい)で**歌(うた)っ**たり　お酒(さけ)を**飲(の)ん**だり　しています。
（五動・歌う）　（五動・飲む）
大家在尾牙又唱歌又喝酒。

昼間(ひるま)は　掃除(そうじ)を**し**たり　買(か)い物(もの)に**行(い)っ**たり　しています。
（サ変・する）　（五動・行く）
白天時而打掃時而去買東西。

休日(きゅうじつ)は　ショッピングを**し**たり　映画(えいが)を**見(み)**たり　しています。
（サ変・する）　（上動・見る）
假日通常時而逛街時而看電影。

126

服（ふく）やら靴（くつ）やら買（か）いたいものがたくさんあります
衣服啦、鞋子啦，想買的東西有很多

句型架構

名詞やら
動詞・イ形容詞 辭書形やら

服（ふく）やら　靴（くつ）やら　買（か）いたいものがたくさんあります
衣服啦　鞋子啦　想買的東西　很多　有

解說

「啦」是助詞，表示列舉。雖然「**やら**」和「**とか**」的用法很像，但「**やら**」只是舉出幾個例子，暗示其他還有很多，「**とか**」則是列舉出全部之中具代表性的東西。

單字介紹

人参（にんじん） ni.n.ji.n	紅蘿蔔	ピーマン pi.i.ma.n	青椒（piment）
さっぱり sa.p.pa.ri	爽快、完全	矯正（きょうせい） kyo.o.se.i	矯正
整形（せいけい） se.i.ke.i	整形		

例句

ケーキやら（名） パンやら（名） たくさん食(た)べました。
蛋糕啦、麵包啦，吃了很多東西。

人参(にんじん)やら（名） ピーマンやら（名） いっぱい買(か)いました。
紅蘿蔔啦、青椒啦，買了很多東西。

数学(すうがく)やら（名） 英語(えいご)やら（名） さっぱり分(わ)かりません。
數學啦、英文啦，完全不懂。

朝(あさ)は顔(かお)を洗(あら)うやら（五動） 化粧(けしょう)をするやら（サ変） 忙(いそが)しいです。
早上要洗臉啦、化妝啦，很忙。

カラオケに行(い)くやら（五動） 買(か)い物(もの)に行(い)くやら（五動） いつも忙(いそが)しいです。
去 KTV 唱歌啦、買東西啦，總是很忙。

予習(よしゅう)をするやら（サ変） 復習(ふくしゅう)をするやら（サ変） 学生(がくせい)は大変(たいへん)です。
預習啦、複習啦，當學生很辛苦。

矯正(きょうせい)をするやら（サ変） 整形(せいけい)をするやら（サ変） お金(かね)がかかります。
矯正啦、整形啦，很花錢。

家賃(やちん)が高(たか)いやら（イ形） 寂(さび)しいやら（イ形） 留学生活(りゅうがくせいかつ)は大変(たいへん)です。
房租貴啦、寂寞啦，留學生活很辛苦。

127

♪127

先生(せんせい)は生徒(せいと)に作文(さくぶん)を書(か)かせます

老師叫學生寫作文

句型架構

主詞は ＋ 對象に ＋ 五段動詞ない形 ＋ せます
上、下一段動詞ない形 ＋ させます
サ行変格動詞→させます

先生(せんせい)は	生徒(せいと)に	作文(さくぶん)を書(か)かせます
老師	學生	作文　寫 叫

解說

「AはBにさせます／せます」的意思是「A叫B做～」、「A使B～」。

① 五段動詞：「行(い)く」→「行(い)かせる」。

② 上、下一段動詞：「食(た)べる」→「食(た)べさせる」。

③ サ行変格動詞：「する」→「させる」。

單字介紹

一言(ひとこと) hi.to.ko.to	一句話
校内清掃(こうないせいそう) ko.o.na.i.se.i.so.o	校園打掃
解法(かいほう) ka.i.ho.o	解題方法

例句

私(わたし)は　弟(おとうと)に　切手(きって)を**買(か)わ**せます。
(五動・買う)
我叫弟弟去幫我買郵票。

父(ちち)は　姉(あね)に　朝食(ちょうしょく)を**作(つく)ら**せます。
(五動・作る)
爸爸叫姊姊做早餐。

彼(かれ)の一言(ひとこと)は　私(わたし)に　元気(げんき)を**出(だ)さ**せます。
(五動・出す)
他的一句話使我恢復元氣。

母(はは)は　私(わたし)に　買(か)い物(もの)に**行(い)か**せます。
(五動・行く)
媽媽叫我去買東西。

この歌(うた)は　私(わたし)に　いろんなことを**思(おも)い出(だ)さ**せます。
(五動・思い出す)
這首歌使我想起很多事。

母(はは)は　弟(おとうと)に　毎朝(まいあさ)6時(ろくじ)に**起(お)き**させます。
(上動・起きる)
媽媽叫弟弟每天早上6點起床。

先生(せんせい)は　生徒(せいと)に　解法(かいほう)を**答(こた)え**させます。
(下動・答える)
老師叫學生回答解題方法。

学校(がっこう)は　生徒(せいと)に　校内清掃(こうないせいそう)をさせます。
(サ変・する)
學校叫學生做校園打掃。

128

先生(せんせい)は私(わたし)に意見(いけん)を求(もと)められました
老師被我徵求了意見

句型架構

主詞は ＋	對象に ＋	五段動詞ない形 ＋ れました 上下一段動詞ない形 ＋ られました サ行変格動詞→されました
先生(せんせい)は	私(わたし)に	意見(いけん)を求(もと)められました
老師	我	意見　被徵求了

解說

「A 被 B ～」。表示 A 因為 B 的動作，而受到好處、影響或損失…等。

「れる」、「られる」、「される」是動詞的被動形，過去式為「れました」、「られました」、「されました」。

五段動詞：「叱(しか)る」→「叱(しか)られる」。

上、下一段動詞：「助(たす)ける」→「助(たす)けられる」。

サ行変格動詞：「する」→「される」。

單字介紹

賞金(しょうきん)
sho.o.ki.n
賞金

持ち主(もちぬし)
mo.chi.nu.shi
物主、主人

優勝者(ゆうしょうしゃ)
yu.u.sho.o.sha
優勝者

プロポーズ
pu.ro.po.o.zu
求婚（propose）

例句

賞金(しょうきん)は　優勝者(ゆうしょうしゃ)に　**贈(おく)ら**れました。
（五動・贈る）
賞金被送給優勝者了。

落(お)とし物(もの)は　持(も)ち主(ぬし)に　**返(かえ)さ**れました。
（五動・返す）
遺失物被歸還給失主了。

私(わたし)は　昨夜(さくや)犬(いぬ)に　**噛(か)ま**れました。
（五動・噛む）
我昨晚被狗咬了。

私(わたし)は　財布(さいふ)をすりに　**盗(ぬす)ま**れました。
（五動・盗む）
我被扒手扒了錢包。

太郎(たろう)さんは　お母(かあ)さんに　**叱(しか)ら**れました。
（五動・叱る）
太郎被媽媽罵了。

この優勝旗(ゆうしょうき)は　優勝(ゆうしょう)チームに　**渡(わた)さ**れました。
（五動・渡す）
這支錦旗被交給優勝隊伍了。

犯人(はんにん)は　警察(けいさつ)に　**捕(つか)まえ**られました。
（下動・捕まえる）
犯人被警察逮捕了。

彼女(かのじょ)は　彼氏(かれし)に　**プロポーズ**されました。
（サ変・する）
她被男朋友求婚了。

129

♪129

私(わたし)は警察(けいさつ)に道(みち)を教(おし)えてもらいました
警察告訴了我路怎麼走

句型架構 主詞は + 對象に + 動詞て形 + て(で) + もらいました

私(わたし)は	警察(けいさつ)に	道(みち)を教(おし)えて	もらいました
我	警察	告訴路	得到了

「教え」是下一段動詞「教える」的て形。

解說 「AはBに～てもらいました」的意思是「A得到B～」、「A從B那裡得到～」。

此句型主詞是「**～は**」，主動詞是「**もらいました**」也就是「我得到了～」→「我得到警察に道を教えて」→「我得到警察告訴我路」→「警察告訴了我路怎麼走」。

單字介紹

通行人(つうこうにん) tsu.u.ko.o.ni.n	路人
クラスメート ku.ra.su.me.e.to	同學 (classmate)

例句

私(わたし)は　母(はは)に　弁当(べんとう)を**作(つく)っ**て　もらいました。
(五動・作る)
媽媽幫我作了便當。

彼(かれ)は　通行人(つうこうにん)に　写真(しゃしん)を**撮(と)っ**て　もらいました。
(五動・撮る)
路人幫他拍了照。

私(わたし)は　父(ちち)に　学校(がっこう)まで**送(おく)っ**て　もらいました。
(五動・送る)
爸爸送了我到學校。

私(わたし)は　お姉(ねえ)ちゃんに　りんごを**切(き)っ**て　もらいました。
(五動・切る)
姊姊幫我切了蘋果。

私(わたし)は　クラスメートに　宿題(しゅくだい)を**写(うつ)させ**て　もらいました。
(使五動・写す)
同學讓我抄了作業。

私(わたし)は　お兄(にい)ちゃんに　勉強(べんきょう)を**教(おし)え**て　もらいました。
(下動・教える)
哥哥教了我唸書。

弟(おとうと)は　友達(ともだち)に　迎(むか)えに**来(き)**て　もらいました。
(カ変・来る)
弟弟的朋友來接了他。

私(わたし)は　先生(せんせい)に　説明(せつめい)を**し**て　もらいました。
(サ変・する)
老師為我作了說明。

130

友達(ともだち)が私(わたし)にお土産(みやげ)を買(か)ってくれました
朋友買了紀念品給我

句型架構

主詞が + 私(わたし)に + 動詞て形 + て(で)+ くれました

友達(ともだち)が	(私(わたし)に)	お土産(みやげ)を買(か)って	くれました
朋友	我	紀念品　買	給了(我)

「私に」可省略，因為「～てくれました」已有幫我、給我的語意。

「買っ」是五段動詞「買う」的て形。

解說

「Aは私(わたし)～てくれました」。當A（同輩或晚輩），幫我做某事時使用。另外，當A的輩分比自己高時，則要用「**～てくださいます／くださいました**」，但當A是父母或兄姐等人時，雖然是長輩，但關係很親密所以用「**～てくれる／てくれました**」就可以了。

例 先生(せんせい)は私(わたし)にいろいろを教(おし)え**てくださいました。**
／老師教了我許多事。

例句

兄(あに)が	(私(わたし)に)	帽子(ぼうし)を買(か)って (五動・買う)	くれました。	哥哥買了一頂帽子給我。
姉(あね)が	(私(わたし)に)	洋服(ようふく)を譲(ゆず)って (五動・譲る)	くれました。	姊姊把她的衣服給了我。
友達(ともだち)が	(私(わたし)に)	手紙(てがみ)を書(か)いて (五動・書く)	くれました。	朋友寫了封信給我。
姉(あね)が	(私(わたし)に)	みかんをむいて (五動・むく)	くれました。	姊姊幫我剝了橘子皮。
母(はは)が	(私(わたし)に)	お弁当(べんとう)を作(つく)って (五動・作る)	くれました。	媽媽作了便當給我。
彼女(かのじょ)が	(私(わたし)に)	ケーキを作(つく)って (五動・作る)	くれました。	她做了蛋糕給我。
警察(けいさつ)が	(私(わたし)に)	道(みち)を教(おし)えて (下動・教える)	くれました。	警察告訴了我路怎麼走。
母(はは)が	(私(わたし)に)	着物(きもの)を着(き)せて (下動・着せる)	くれました。	媽媽幫我穿上了和服。

131

探(さが)せばあると思(おも)います
我想只要找的話就會有

句型架構

動詞假定形　ば
イ形容詞假定形　ば

探(せが)せば	あると	思(おも)います
找的話	有	我想

解說　動詞、**イ**形容詞假定形，用來表示假定條件。

① 表示如果出現A情況，則要有B結果。「～的話就～」。

例 **探(せが)せば**あると思(おも)います。／如果找的話就會有。

② 只要具備A條件，無論任何時候都會出現B結果，多用來表示自然界的變化。「一～就」。

例 春(はる)に**なれば**花(はな)が咲(さ)きます。／一到春天就開花。

單字介紹

蚊(か) ka　蚊子

例句

聞(き)けば （五動・聞く）	分(わ)かるでしょう。	問的話，就會知道了吧！
夏(なつ)になれば （五動・なる）	蚊(か)が多(おお)くなります。	夏天一到，蚊子就會變多。
秋(あき)になれば （五動・なる）	木(き)の葉(は)が散(ち)ります。	秋天一到，樹葉就會掉落滿地。
あの店(みせ)に行(い)けば （五動・行く）	彼(かれ)に会(あ)えます。	去那間店的話，就能見到他。
そこまで行(い)けば （五動・行く）	すぐわかります。	走到那裡的話，馬上就會知道（路）了。
うそをつけば （下動・つける）	すぐばれます。	如果說謊的話，馬上就會被拆穿。
そうすれば （サ変・する）	問題(もんだい)ないです。	只要那樣做的話，就沒問題了。
欲(ほ)しければ （イ形・欲しい）	あげます。	（你）如果想要的話，就送給你。

132

私(わたし)がお金持(かねも)ちなら世界一周旅行(せかいいっしゅうりょこう)したい

如果我是有錢人，我想環遊世界一周

句型架構

主詞が ＋ 名詞・ナ形容詞語幹 / イ形容詞辭書形・た形＋た なら

私(わたし)が	お金持(かねも)ちなら	世界一周旅行(せかいいっしゅうりょこう)したい
我	有錢人 如果	環遊世界一周 想

解說

「如果～（的話）」、「假如～」、「要是～」。

「**なら**」是助動詞，意思是「如果（是）～」。

單字介紹

具合(ぐあい) gu.a.i	狀況
発見(はっけん) ha.k.ke.n	發現

例句

私(わたし)が　男(おとこ)なら（名）　絶対浮気(ぜったいうわき)なんかしません。

如果我是男生，我絕對不會劈腿。

僕(ぼく)が　女(おんな)なら（名）　毎日(まいにち)スカートをはきます。

如果我是女生，我每天都會穿裙子。

日曜日(にちようび)が　暇(ひま)なら（名）　一緒(いっしょ)に焼肉(やきにく)を食(た)べましょう。

星期天如果有空，就一起去吃燒肉吧！

私(わたし)が　学生(がくせい)なら（名）　もっと勉強(べんきょう)します。

如果我是學生，一定會更用功唸書。

来週(らいしゅう)が　休(やす)みなら（名）　温泉旅行(おんせんりょこう)に行(い)きましょう。

如果下禮拜放假的話，就去溫泉旅行吧！

体(からだ)が　丈夫(じょうぶ)なら（ナ形）　なんでもできます。

如果身體健康，什麼事都可以做。

具合(ぐあい)が　悪(わる)いなら（イ形）　休(やす)んでいてください。

如果身體不舒服的話，請好好休息。

発見(はっけん)が　早(はや)かったなら（イ形・早い）　治(なお)っただろうに…。

如果早點發現的話，也許還能治好的。

133

焼肉(やきにく)が食(た)べたいなら食(た)べればいい

如果想吃烤肉的話就吃啊！

句型架構

主詞が + 動詞普通体なら

焼肉(やきにく)が	食(た)べたいなら	食(た)べれば	いい
燒肉	想吃 如果	吃的話	就好了

解說

「如果～（的話）」、「假如～」、「要是～」。

本句型是接續動詞，可以和上一句型比較看看。

例句

小説(しょうせつ)が　**書(か)きたい**なら（五動・書く）　書(か)けばいい。

如果想寫小說的話，就寫啊！

服(ふく)が　**買(か)いたい**なら（五動・買う）　デパートへ行(い)きます。

如果想買衣服的話，我會去百貨公司。

歌(うた)が　**歌(うた)いたい**なら（五動・歌う）　カラオケに行(い)きましょう。

如果想唱歌，就去 KTV 吧！

サッカーが　**したい**なら（サ変・する）　みんなでやりましょう。

如果想踢足球的話，就大家一起踢吧！

あなたが　**行(い)く**なら（五動）　私(わたし)も行(い)きます。

如果你去的話，我也會去！

彼(かれ)が　**言(い)う**なら（五動）　間違(まちが)いありません。

如果他都這麼說的話，一定沒有錯。

両親(りょうしん)が　**反対(はんたい)する**なら（サ変）　あきらめます。

如果父母反對，我就放棄。

勉強(べんきょう)が　**したくない**なら（サ変・する）　しなければいい。

如果不想唸書，就別唸啊！

134

テレビが壊(こわ)れたら新(あたら)しいのを買(か)います
如果電視壞掉的話，就買新的

句型架構

主詞が ＋ 動詞た形＋たら / 動詞ない形＋なかったら

テレビが	壊(こわ)れたら	新(あたら)しいのを買(か)います
電視	壞掉 如果	新的　買

解說

「**たら**」是助動詞，「若是～」、「如果～就～」。「**～たら**」和「**～なら**（句型 132、133）」在用法上有什麼不同呢？當要敘述「大自然的變化」時不能用「**～なら**」。

例 春(はる)が来(く)る**なら**花(はな)が咲(さ)きます。(X)

春(はる)が来(き)**たら**花(はな)が咲(さ)きます。(O)／春天一到就會開花。

單字介紹

宝(たから)くじ ta.ka.ra.ku.ji	彩券
地道(じみち) ji.mi.chi	腳踏實地的

例句

風邪(かぜ)が　治(なお)ったら　学校(がっこう)へ行(い)きます。

（五動・治す）

如果感冒好了的話，就去上學。

明日(あした)雨(あめ)が　降(ふ)ったら　やめます。

（五動・降る）

明天如果下雨，就取消。

宿題(しゅくだい)が　終(お)わったら　ゲームをします。

（五動・終わる）

如果作業寫完，我就要打電動。

カメラが　故障(こしょう)したら　修理(しゅうり)に出(だ)します。

（サ変・故障する）

如果照相機壞掉的話，就拿去修理。

宝(たから)くじが　当(あ)たったら　世界一周旅行(せかいいっしゅうりょこう)をします。

（五動・当たる）

如果中彩券，我就要去環遊世界。

明日(あした)雨(あめ)が　降(ふ)らなかったら　もちろんやります。

（五動・降る）

明天如果沒下雨，當然（照常）舉行。

宿題(しゅくだい)が　終(お)わらなかったら　おとなしく怒(おこ)られます。

（五動・終わる）

如果作業沒寫完的話，我就乖乖被罵。

宝(たから)くじが　当(あ)たらなかったら　地道(じみち)に暮(く)らします。

（五動・当たる）

如果沒中彩券的話，我就腳踏實地過日子。

135

明日晴れたらいいですね

あした　は

如果明天放晴就好了

句型架構

動詞た形たら
イ形容詞た形たら　　+ いいですね
名詞・ナ形容詞語幹だったら

明日（あした）	晴（は）れたら	いいですね
明天	晴朗 如果	真好呢！

解說

「如果（可以）～就好了」。帶有感嘆的語氣。

單字介紹

叶（かな）う
ka.na.u
實現

例句

夢（ゆめ）が**叶（かな）っ**たら　いいですね。　如果夢想可以實現就好了。
（五動・叶う）

病気（びょうき）が**治（なお）っ**たら　いいですね。　如果病可以治好就好了。
（五動・治す）

早（はや）く留学（りゅうがく）**でき**たら　いいですね。　如果可以早點去留學就好了。
（上動・できる）

彼（かれ）にまた**会（あ）え**たら　いいですね。　如果還能見到他就好了。
（可五動・会う）

優勝（ゆうしょう）したら　いいですね。　如果可以獲勝就好了。
（サ変・優勝する）

背（せ）がもっと**高（たか）かっ**たら　いいですね。　如果身高可以再高一點就好了。
（イ形・高い）

明日（あした）**休（やす）み**だったら　いいですね。　如果明天可以放假就好了。
（名）

家族（かぞく）がいつまでも**健康（けんこう）**だったら　いいですね。　如果家人能夠永遠健康就好了。
（ナ形・健康）

136

明日（あした）がもし晴（は）れでしたら山（やま）を登（のぼ）ります
如果明天是晴天的話，就去爬山

句型架構

主詞	+	名詞でしたら	+	～ます
明日（あした）が		もし晴（は）れでしたら		山（やま）を登（のぼ）ります
明天		晴天 如果		爬山

解說

「如果～（的話）就～」。特別注意「**でしたら**」前面接續的是名詞哦！

單字介紹

勇（いさ）ましい i.sa.ma.shi.i	英勇
通報（つうほう） tsu.u.ho.o	通報
雪（ゆき）だるま yu.ki.da.ru.ma	雪人

例句

私が　**男**でしたら　勇ましく戦います。

如果我是男人的話，我就會勇敢奮戰。

これが　**夢**でしたら　すべてあきらめます。

如果這是一場夢的話，（我）就放棄一切。

もし　明日**雪**でしたら　雪だるまを作ります。

如果明天下雪的話，我就要堆雪人。

彼が　**泥棒**でしたら　警察に通報します。

如果他是小偷的話，（我）就報警。

すべてが　**現実**でしたら　あきらめます。

如果一切都是事實的話，我就死心。

次のテストが　**合格**でしたら　おごります。

如果下次的考試過了（我）就請客。

お腹の子が　**女の子**でしたら　名前は貴美子にします。

如果肚子裡的小孩是女生的話，就取名叫貴美子。

もし明日が　**休み**でしたら　一日中寝ます。

如果明天放假的話，我就要睡一整天。

137

♪137

<ruby>明日<rt>あした</rt></ruby><ruby>晴<rt>は</rt></ruby>れるといいですね

如果明天放晴就好了

句型架構 ▶ 動詞・イ形容詞 辭書形と / 名詞・ナ形容詞語幹だと ＋ いいですね

明日（あした）	晴（は）れると	いいですね
明天	晴朗　如果	真好

解說 ▶ 「如果（可以）～就好了呢」。本句型和句型 135 「**～たらいいですね**／～如果（可以）～就好了」的意思相同，只是「**と**」前面的接續方法不同，可以比較看看。

例句

病気(びょうき)が　早(はや)く**治(なお)る**と　いいですね。
（五動）
如果病可以早點治好就好了。

彼(かれ)も　**来(き)てくれる**と　いいですね。
（複下動）
如果他也來的話就好了。

あなたも一緒(いっしょ)に　**いらっしゃる**と　いいですね。
（五動）
如果你也可以一起來就好了。

この子(こ)が　早(はや)く大(おお)きく**なる**と　いいですね。
（五動）
如果這孩子可以快點長大就好了。

刺身(さしみ)が　**食(た)べられる**と　いいですね。
（複下動）
如果敢吃生魚片就好了。

コンサートに**行(い)ける**と　いいですね。
（可五動）
如果可以去看演唱會就好了。

私(わたし)の家(いえ)が　もっと学校(がっこう)に**近(ちか)い**と　いいですね。
（イ形）
如果我家可以離學校再近一點就好了。

この部屋(へや)は　もっと**静(しず)か**だと　いいですね。
（ナ形）
如果這房間可以再安靜點就好了。

138

宿題(しゅくだい)ほど辛(つら)いものはありません
沒有比作業更令人痛苦的東西了

句型架構

名詞・代名詞ほど ＋ イ形容詞・動詞 辭書形 / ナ形容詞語幹 な ものはありません

宿題(しゅくだい)ほど	辛(つら)い	ものは	ありません
像作業那樣	痛苦	的東西	沒有

解說

「沒有比～更～的（事、物）了」。

「**ほど**」是用來表示動作、狀態、事物的程度。

「**～ほど～ものはありません**」，用來表示事物的最大極限，沒有什麼能與它相比。

單字介紹

殺人(さつじん) sa.tsu.ji.n	殺人
残酷(ざんこく) za.n.ko.ku	殘酷

例句

火事（かじ）ほど	怖（こわ）いものは （イ形）	ありません。	沒有比火災更可怕的事了。
太陽（たいよう）ほど	有難（ありがた）いものは （イ形）	ありません。	沒有比太陽更令人感謝的事了。
人（ひと）の死（し）ほど	悲（かな）しいものは （イ形）	ありません。	沒有比死亡更令人悲傷的事了。
歌（うた）うことほど	楽（たの）しいものは （イ形）	ありません。	沒有比唱歌更快樂的事了。
これほど	おいしいものは （イ形）	ありません。	沒有比這個更好吃的東西了。
仕事（しごと）ほど	つまらないものは （イ形）	ありません。	沒有比工作更無趣的事了。
この薬（くすり）ほど	よく効（き）くものは （五動）	ありません。	沒有比這個藥更有效的了。
殺人（さつじん）ほど	残酷（ざんこく）なものは （ナ形）	ありません。	沒有比殺人更殘酷的事了。

139

見(み)れば見(み)るほどきれいです
越看越漂亮

句型架構

動詞假定形ば イ形容詞假定形ば	+	動詞辭書形ほど イ形容詞辭書形ほど	
見(み)れば		見(み)るほど	きれいです
看的話		看（的程度）	美

「見れ」是上一段動詞「見る」的假定形。

解說

① 五段動詞的假定形：行(い)く→行(い)けば。

② 上、下一段動詞的假定形：食(た)べる→食(た)べれば。

③ イ形容詞的假定形：遅(おそ)い→遅(おそ)ければ。

單字介紹

けわしい ke.wa.shi.i	陡峭
やみつきになる ya.mi.tsu.ki.ni.na.ru	上癮

例句

行(い)けば (五動・行く)	行(い)くほど	道(みち)がけわしくなります。	越往前走路越陡峭。
知(し)れば (五動・知る)	知(し)るほど	興味深(きょうみぶか)いです。	越了解越感興趣。
食(た)べれば (下動・食べる)	食(た)べるほど	やみつきになります。	越吃越上癮。
考(かんが)えれば (下動・考える)	考(かんが)えるほど	頭(あたま)が痛(いた)くなります。	越想頭越痛。
遅(おそ)ければ (イ形・遅い)	遅(おそ)いほど	きけんです。	越晚越危險。
早(はや)ければ (イ形・早い)	早(はや)いほど	いいです。	越早越好。
高(たか)ければ (イ形・高い)	高(たか)いほど	怖(こわ)いです。	越高越恐怖。
暑(あつ)ければ (イ形・暑い)	暑(あつ)いほど	のぼせます。	越熱頭越暈。

140

彼女(かのじょ)はそんなにきれいではありません
她並沒有那麼漂亮

句型架構

主詞は ＋ そんなに ＋ **名詞・ナ形容詞語幹**ではありません / **イ形容詞ない形** ありません

彼女(かのじょ)は　そんなに　**きれい**ではありません

她　那麼　**漂亮**　沒有

解說

「**そんなに**」是副詞，「那麼樣地、那麼」。「**ではありません**」是「**です**」的否定。

例 彼女(かのじょ)はきれい**です**。／她很漂亮。
（肯定）

彼女(かのじょ)はきれい**ではありません**。／她並不漂亮。
（否定）

單字介紹

ちょうじゅ **長寿** cho.o.ju	長壽
スープ su.u.pu	湯（soup）
しょうみきげん **賞味期限** sho.o.mi.ki.ge.n	保存期限

例句

一般(いっぱん)の動物(どうぶつ)は　そんなに　**長寿(ちょうじゅ)**ではありません。
（名）
一般的動物並不怎麼長壽。

この店(みせ)の料理(りょうり)は　そんなに　**おすすめ**ではありません。
（名）
我並不怎麼推薦這家店的菜。

彼女(かのじょ)の中国語(ちゅうごくご)は　そんなに　**上手(じょうず)**ではありません。
（ナ形）
她的中文並沒有那麼好。

彼(かれ)は　そんなに　**賢(かしこ)く**ありません。
（イ形・賢い）
他並沒有那麼聰明。

北海道(ほっかいどう)は　そんなに　**寒(さむ)く**ありません。
（イ形・寒い）
北海道並沒有那麼冷。

このキムチは　そんなに　**辛(から)く**ありません。
（イ形・辛い）
這個泡菜並沒有那麼辣。

賞味期限(しょうみきげん)は　そんなに　**長(なが)く**ありません。
（イ形・長い）
保存期限並沒有那麼長。

このスープは　そんなに　**おいしく**ありません。
（イ形・おいしい）
這個湯並沒有那麼好喝。

少(すこ)しわがままです
有點任性

句型架構

少(すこ)し	+	ナ形容詞語幹 イ形容詞・動詞 普通体	+	です
少(すこ)し		**わがまま**		です
有點		**任性**		（肯定）

解說

「**少(すこ)し**」是副詞，意思是「稍微」、「有點」。

單字介紹

不便(ふべん)
fu.be.n

不方便

例句

少し（すこ） 不便（ふべん）です。 有點不方便。
（ナ形）

少し（すこ） 甘い（あま）です。 有點甜。
（イ形）

少し（すこ） 熱い（あつ）です。 有點熱。
（イ形）

少し（すこ） 遠い（とお）です。 有點遠。
（イ形）

少し（すこ） 寒い（さむ）です。 有點冷。
（イ形）

少し（すこ） 大きい（おお）です。 有點大。
（イ形）

少し（すこ） おかしいです。 有點奇怪。
（イ形）

少し（すこ） 足りない（た）です。 有點不夠。
（上動・足りる）

142

このカレーは少し辛すぎます

(すこ　から)

這個咖哩有點太辣了

句型架構

主詞は ＋ 少し ＋ **イ・ナ形容詞語幹**すぎます

このカレーは	少し（すこ）	辛（から）すぎます
這個咖哩	有點	辣　過於

「辛」是イ形容詞「辛い」的語幹。

解說

「～有點太（過於）～」。

「**すぎます**」的辭書形是「**すぎる**」，意思是「過度、過分」。前面接**イ**、**ナ**形容詞語幹或動詞**ます**形。

單字介紹

和菓子（わがし） wa.ga.shi	和果子
シャツ sha.tsu	襯衫（shirt）
スピード su.pi.i.do	速度（speed）

例句

和菓子(わがし)は	少(すこ)し	**甘**すぎます。 (イ形・甘い)	和菓子有點太甜了。
彼女(かのじょ)の荷物(にもつ)は	少(すこ)し	**多**すぎます。 (イ形・多い)	她的行李有點太多了。
彼(かれ)の髪(かみ)の毛(け)は	少(すこ)し	**長**すぎます。 (イ形・長い)	他的頭髮有點太長了。
このバスのスピードは	少(すこ)し	**遅**すぎます。 (イ形・遅い)	這輛巴士的速度有點太慢了。
その牛乳(ぎゅうにゅう)は	少(すこ)し	**冷た**すぎます。 (イ形・冷たい)	那瓶牛奶有點太冰了。
このかばんは	少(すこ)し	**大き**すぎます。 (イ形・大きい)	這個包包有點太大了。
このシャツは	少(すこ)し	**小さ**すぎます。 (イ形・小さい)	這件襯衫有點太小了。
この服(ふく)は	少(すこ)し	**派手(はで)**すぎます。 (ナ形・派手)	這件衣服有點太亮眼了。

143

これはあまりに高(たか)すぎます
這個東西太貴了

句型架構

主詞は	+ あまりに	+ イ形容詞語幹 ナ形容詞語幹	すぎます
これは	あまりに	高(たか)	すぎます
這個	太	貴	過於

「高」是イ形容詞「高い」的語幹。

解說

「～有點太（過於）～」。

「**あまりに**」是副詞，意思是「過於～」、「太～」。

「**～すぎます**」表示「過於～、過分～」，前面接**イ**形容詞、**ナ**形容詞語幹或動詞**ます**形。

單字介紹

キムチ ki.mu.chi	泡菜（kimchi）
態度(たいど) ta.i.do	態度
品質(ひんしつ) hi.n.shi.tsu	品質
丁寧(ていねい) te.i.ne.i	有禮貌

例句

時給(じきゅう)は　あまりに　低(ひく)すぎます。
（イ形・低い）
時薪實在太低了。

このキムチは　あまりに　辛(から)すぎます。
（イ形・辛い）
這個泡菜實在太辣了。

この国(くに)の冬(ふゆ)は　あまりに　寒(さむ)すぎます。
（イ形・寒い）
這個國家的冬天實在太寒冷了。

このスカートは　あまりに　短(みじか)すぎます。
（イ形・短い）
這件裙子實在太短了。

この商品(しょうひん)の品質(ひんしつ)は　あまりに　悪(わる)すぎます。
（イ形・悪い）
這個商品的品質實在太差了。

彼(かれ)の態度(たいど)は　あまりに　冷(つめ)たすぎます。
（イ形・冷たい）
他的態度實在太冷淡了。

この問題(もんだい)は　あまりに　難(むずか)しすぎます。
（イ形・難しい）
這個問題實在太難了。

彼女(かのじょ)の話(はな)し方(かた)は　あまりに　丁寧(ていねい)すぎます。
（ナ形）
她的說話方式實在太客氣了。

144

♪144

象(ぞう)はもっと大(おお)きいです
大象更大

句型架構

主詞は + もっと + イ形容詞辭書形／ナ形容詞語幹 です

象(ぞう)は	もっと	・	大(おお)きいです
大象	更		大

解說

「A はもっと～」的意思是「A 更～」。

「もっと」是副詞，意思是「更、更加」。

單字介紹

ゴリラ go.ri.ra	大猩猩 (gorilla)
ハンサム ha.n.sa.mu	帥 (handsome)
玉山(ぎょくざん) gyo.ku.za.n	玉山

例句

この映画（えいが）は　もっと　**面白い**（おもしろい）です。（イ形）　這部電影更好看。

彼女（かのじょ）は　もっと　**かわいい**です。（イ形）　她更可愛。

日本（にほん）の桃（もも）は　もっと　**おいしい**です。（イ形）　日本的桃子更美味。

お母（かあ）さんの料理（りょうり）は　もっと　**おいしい**です。（イ形）　我媽媽做的菜更好吃。

ゴリラは　もっと　頭（あたま）が**良い**（よい）です。（イ形）　大猩猩的頭腦更聰明。

私（わたし）の兄（あに）は　もっと　背（せ）が**高い**（たかい）です。（イ形）　我哥哥更高。

台湾（たいわん）の玉山（ぎょくざん）は　もっと　**きれい**です。（ナ形）　台灣的玉山更美麗。

私（わたし）の彼氏（かれし）は　もっと　**ハンサム**です。（ナ形）　我的男朋友更帥。

145

タクシーはバスよりはやいです
計程車比巴士快

句型架構

主詞は ＋ 名詞より ＋ イ形容詞辭書形／ナ形容詞語幹 です

タクシーは	バスより	はやいです
計程車	巴士比	快

解說

「AはBより～です」的意思是「A比B～」。

「より」是（格）助詞，意思是「比、比較」，用來表示比較的基準。

單字介紹

アフリカ大陸（たいりく） a.fu.ri.ka.ta.i.ri.ku	非洲大陸 (Africa)
公衆電話（こうしゅうでんわ） ko.o.shu.u.de.n.wa	公共電話

例句

馬(うま)は	犬(いぬ)より	大(おお)きいです。 (イ形)	馬比狗大。
新幹線(しんかんせん)は	電車(でんしゃ)より	はやいです。 (イ形)	新幹線比電車快。
ここのカレーは	あの店(みせ)より	おいしいです。 (イ形)	這裡的咖哩比那家店的好吃。
アフリカ大陸(たいりく)は	日本(にほん)より	大(おお)きいです。 (イ形)	非洲大陸比日本還大。
彼(かれ)は	女(おんな)の子(こ)より	きれいです。 (ナ形)	他（長得）比女生漂亮。
メールは	手紙(てがみ)より	便利(べんり)です。 (ナ形)	e-mail 比信方便。
この家(いえ)は	あの家(いえ)より	立派(りっぱ)です。 (ナ形)	這戶人家比那戶人家豪華。
携帯電話(けいたいでんわ)は	公衆電話(こうしゅうでんわ)より	便利(べんり)です。 (ナ形)	手機比公共電話方便。

146

昨日(きのう)より今日(きょう)の方(ほう)が暖(あたた)かいです

比起昨天，今天更溫暖

句型架構

名詞より ＋ 名詞の方(ほう)が ＋ イ形容詞辭書形／ナ形容詞語幹 です

昨日(きのう)より	今日(きょう)の方(ほう)が	暖(あたた)かいです
比起昨天	今天（這一方）	溫暖

解說

「AよりBの方(ほう)が～です」的意思是「比起A，B更～」。比起A來說，B比較～。

「方(ほう)」是名詞，在這裡的意思是「（用於比較）這一方」。

例句

パンより　肉(にく)まんの方(ほう)が　安(やす)いです。
(イ形)
比起麵包，肉包更便宜。

去年(きょねん)より　今年(ことし)の冬(ふゆ)の方(ほう)が　寒(さむ)いです。
(イ形)
比起去年，今年冬天更冷。

三越(みつこし)より　101(いちまるいち)ビルの方(ほう)が　高(たか)いです。
(イ形)
比起三越百貨，101 大樓更高。

彼(かれ)の家(いえ)より　私(わたし)の家(いえ)の方(ほう)が　近(ちか)いです。
(イ形)
比起他家，我家更近。

小説(しょうせつ)より　漫画(まんが)の方(ほう)が　面白(おもしろ)いです。
(イ形)
比起小說，漫畫更有趣。

動物園(どうぶつえん)より　遊園地(ゆうえんち)の方(ほう)が　楽(たの)しいです。
(イ形)
比起動物園，遊樂園更好玩。

その道(みち)より　この道(みち)の方(ほう)が　はやいです。
(イ形)
比起那條路，（走）這條路更快。

兄(あに)より　弟(おとうと)の方(ほう)が　背(せ)が高(たか)いです。
(イ形)
比起哥哥，弟弟更高。

147

カレーが一番（いちばん）好（す）きです
我最喜歡咖哩

句型架構

主詞	+	一番（いちばん）	+	ナ形容詞語幹 イ形容詞辭書形	です
カレーが		一番（いちばん）		好（す）きです	
咖哩		最		喜歡	

解說

「一番（いちばん）」在本句型是副詞，意思是「最」。表示沒有任何人或事物比得過。

單字介紹

メロン me.ro.n	哈密瓜 (melon)
バナナ ba.na.na	香蕉 (banana)

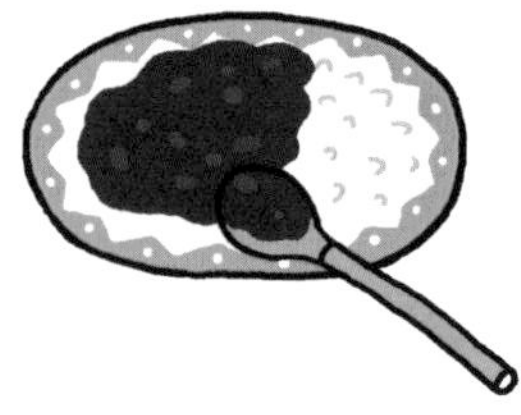

例句

あの店(みせ)は	一番(いちばん)	**有名(ゆうめい)**です。 (ナ形)	那間店最有名。
101(いちまるいち)ビルは	一番(いちばん)	**高(たか)い**です。 (イ形)	101 大樓最高。
日本(にほん)のメロンは	一番(いちばん)	**高(たか)い**です。 (イ形)	日本的哈密瓜最貴。
彼(かれ)の足(あし)はクラスで	一番(いちばん)	**はやい**です。 (イ形)	他是全班跑得最快的。
うちの数学(すうがく)の先生(せんせい)は	一番(いちばん)	**厳(きび)しい**です。 (イ形)	我們學校的數學老師最嚴格。
母(はは)は	一番(いちばん)	**やさしい**です。 (イ形)	媽媽最溫柔。
バナナが	一番(いちばん)	**おいしい**です。 (イ形)	香蕉最好吃。
山崎(やまざき)の食(しょく)パンは	一番(いちばん)	**柔(やわ)らかい**です。 (イ形)	山崎吐司最柔軟。

148

私(わたし)はピアノが弾(ひ)けます
我會彈鋼琴

句型架構

主詞は	+	五段動詞可能形ます
私(わたし)は		ピアノが弾(ひ)けます
我		鋼琴　會彈

解說

在用來表示能力，「會～」、「敢～」、「可以～」。

記得前面所接的助詞一定要用「**が**」哦！

五段動詞的變化方法如下：將「u」段音改成「e」段音，再加「**る**」。

弾(ひ)く（ku）→**弾(ひ)け**（ke）＋「**る**」→**弾(ひ)ける**

本句型的意思等於「動詞辭書形＋**ことができます**（句型 149）」。

單字介紹

ギター gi.ta.a	吉他 (guitar)
ぬいぐるみ nu.i.gu.ru.mi	布偶

例句

彼女（かのじょ）は	漫画（まんが）が描（か）けます。（描く）	她會畫漫畫。
私（わたし）は	ギターが弾（ひ）けます。（弾く）	我會彈吉他。
彼（かれ）は	あの歌（うた）が歌（うた）えます。（歌う）	他會唱那首歌。
彼女（かのじょ）は	かばんが作（つく）れます。（作る）	她會做包包。
彼女（かのじょ）は	ビールが飲（の）めます。（飲む）	她會喝啤酒。
私（わたし）は	日本語（にほんご）が話（はな）せます。（話す）	我會說日語。
私（わたし）は	ぬいぐるみが縫（ぬ）えます。（縫う）	我會縫布偶。
私（わたし）は	日本（にほん）の小説（しょうせつ）が読（よ）めます。（読む）	我（會）看得懂日本小說。

149

先生(せんせい)は多(た)ヶ国語(こくご)を話(はな)すことができます
老師會說多國語言

句型架構

主詞は +	動詞辭書形	+ ことができます
先生(せんせい)は	多(た)ヶ国語(こくご)を話(はな)す	ことができます
老師	多國語言 說	會

解說 「會～」、「能～」、「可以」。

和上一句型同樣用來表示能力。

表示否定時，只要把「**できます**」改成「**できません**」就可以了。

例 私(わたし)はケーキを作(つく)ることが**できません**。／我不會做蛋糕。

「**多(た)ヶ国語(こくご)**」的「**ヶ**（小字）」是「個」的意思。念成「ka」。

例：「**二(に)ヶ月(げつ)**」的意思是「兩個月」。

單字介紹

オムライス o.mu.ra.i.su	蛋包飯 (omelet rice)
編(あ)み物(もの)をする a.mi.mo.no.wo.su.ru	編織
手品(てじな) te.ji.na	魔術

例句

私(わたし)は	馬(うま)に**乗(の)る** （五動）	ことができます。	我會騎馬。
彼(かれ)は	テレビを**直(なお)す** （五動）	ことができます。	他會修電視。
私(わたし)は	タイ語(ご)を**話(はな)す** （五動）	ことができます。	我會說泰語。
彼女(かのじょ)は	ケーキを**作(つく)る** （五動）	ことができます。	她會做蛋糕。
私(わたし)は	オムライスを**作(つく)る** （五動）	ことができます。	我會做蛋包飯。
あの人(ひと)は	手品(てじな)を**する** （サ変）	ことができます。	那個人會變魔術。
私(わたし)の姉(あね)は	編(あ)み物(もの)を**する** （サ変）	ことができます。	我的姊姊會織東西。
私(わたし)は	車(くるま)の運転(うんてん)を**する** （サ変）	ことができます。	我會開車。

150

薬(くすり)は効(き)かないこともあります

藥有時也會沒效

句型架構

主詞は	+	動詞ない形 + ない 動詞辭書形	+	こともあります

薬(くすり)は	効(き)かない	こともあります
藥	沒效	事情　也有

解說　「～有時也會～」、「偶爾也會～」。

「**～こともあります**」前面接動詞的辭書形或**ない**形。

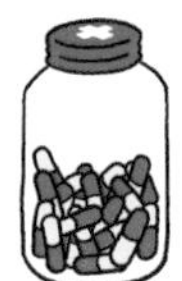

單字介紹

プレゼント pu.re.ze.n.to	禮物 (present)
出勤(しゅっきん) shu.k.ki.n	上班

例句

私(わたし)は	温泉(おんせん)へ**行(い)く** (五動)	こともあります。	我有時也會去泡溫泉。
私(わたし)は	たまに**泣(な)く** (五動)	こともあります。	我有時也會哭。
私(わたし)は	コンサートへ**行(い)く** (五動)	こともあります。	我有時也會去看演唱會。
彼女(かのじょ)は	たまに**甘(あま)える** (下動)	こともあります。	她有時也會撒嬌。
彼(かれ)は	たまにプレゼントを**くれる** (下動)	こともあります。	他有時也會送我禮物。
私(わたし)は	バイクで**出勤(しゅっきん)する** (サ変)	こともあります。	我有時也會騎摩托車上班。
彼(かれ)は	たまに物忘(ものわす)れを**する** (サ変)	こともあります。	他有時也會忘記帶走東西。
私(わたし)は	たまにジョギングを**する** (サ変)	こともあります。	我有時也會去慢跑。

151

私(わたし)はベルギーに行(い)ったことがあります
我去過比利時

句型架構

主詞は ＋動詞た形＋た（だ）＋ことがあります

私(わたし)は	ベルギーに	行(い)った	ことがあります
我	比利時	去了	事情　有

解說

「（曾經）有～過」。表示過去曾做過的事、經驗。疑問時只需在「**ことがあります**」後面加上疑問詞「**か**」就可以了。

例 日本(にほん)に行(い)った**ことがありますか**。／你去過日本嗎？

否定時只需將「**～あります**」改成否定的「**～ありません**」就可以了。

例 日本(にほん)に行(い)った**ことがありません**。／我沒去過日本。

單字介紹

水族館(すいぞくかん) su.i.zo.ku.ka.n	水族館	バリ島(とう) ba.ri.to.o	峇里島（Bali）
シリア si.ri.a	敘利亞（Syria）	出張(しゅっちょう) shu.c.cho.o	出差
インドネシア i.n.do.ne.si.a	印尼（Indoesia）		

例句

私（わたし）は 日本（にほん）に**行（い）った**（五動・行く） **ことがあります。** 我去過日本。

私（わたし）は 授業（じゅぎょう）を**サボった**（五動・サボる） **ことがあります。** 我蹺過課。

私（わたし）は タバコを**吸（す）った**（五動・吸う） **ことがあります。** 我抽過菸。

私（わたし）は 富士山（ふじさん）に**登（のぼ）った**（五動・登る） **ことがあります。** 我爬過富士山。

私（わたし）は 水族館（すいぞくかん）に**行（い）った**（五動・行く） **ことがあります。** 我去過水族館。

彼（かれ）は バリ島（とう）に**住（す）んでいた**（上動・いる） **ことがあります。** 他住過峇里島。

父（ちち）は シリアに**出張（しゅっちょう）した**（サ変・出張する） **ことがあります。** 父親曾到過敘利亞出差。

私（わたし）は インドネシアを**旅（たび）した**（サ変・旅する） **ことがあります。** 我曾去印尼玩過。

152 雨(あめ)の日(ひ)には傘(かさ)がいります

下雨天需要傘

句型架構

～には	+	名詞が	+	いります
雨(あめ)の日(ひ)には		傘(かさ)が		いります
下雨天		傘		需要

「いります」的前面一定要接助詞「が」喔。

解說

「（在～時候、做～事時）需要～」。「**いります**」的辭書形是「**いる**」，意思是「需要」。

單字介紹

書道(しょどう) sho.do.o	書法	筆(ふで) fu.de	毛筆
口座(こうざ) ko.o.za	戶頭	印鑑(いんかん) i.n.ka.n	印章
出国(しゅっこく) shu.k.ko.ku	出國	日焼け止め(ひやどめ) hi.ya.ke.do.me	防曬乳

例句

書道（しょどう）には　筆（ふで）が　いります。寫書法需要毛筆。

山登（やまのぼ）りには　地図（ちず）が　いります。登山需要地圖。

スポーツには　体力（たいりょく）が　いります。運動需要體力。

手紙（てがみ）を出（だ）すには　切手（きって）が　いります。寄信需要郵票。

口座（こうざ）を開（ひら）くには　印鑑（いんかん）が　いります。開戶需要印章。

小説（しょうせつ）を書（か）くには　才能（さいのう）が　いります。寫小說需要才能。

出国（しゅっこく）するには　パスポートが　いります。出國需要護照。

夏（なつ）には　日焼（ひや）け止（ど）めが　いります。夏天需要防曬乳。

153

学校（がっこう）に行（い）くには30分（さんじゅっぷん）かかります
去學校得花三十分鐘

句型架構 動詞辭書形には ＋ 時間・金錢 ＋ かかります

学校（がっこう）に行（い）くには	３０分（さんじゅっぷん）	かかります
去學校	30分鐘	花

解說 「（做～事時）需要花費～（時間或金錢）」。
「**かかる**」是五段動詞，在這裡的意思是「需要、花費」。

ヨーグルト yo.o.gu.ru.to	優格 (yogurt)	発酵（はっこう） ha.k.ko.o	發酵
頂上（ちょうじょう） cho.o.jo.o	山頂	カナダ ka.na.da	加拿大 (Canada)
修得（しゅうとく） shu.u.to.ku	學習	パーマ pa.a.ma	燙頭髮 (permanent)

例句

ヨーグルトを**発酵**(はっこう)**させる**には（下動）　**一日**(いちにち)　かかります。

讓優格發酵得花一天時間。

出来上(できあ)**がる**までには（五動）　**一ヶ月**(いっかげつ)　かかります。

完成需要花 1 個月的時間。

頂上(ちょうじょう)まで**登**(のぼ)**る**には（五動）　**3時間**(さんじかん)ほど　かかります。

要爬上山頂得花 3 小時左右。

台湾(たいわん)からカナダに**行**(い)**く**には（五動）　**10時間以上**(じゅうじかんいじょう)　かかります。

從台灣到加拿大得花 10 小時以上。

その技(わざ)を**修得**(しゅうとく)**する**には（サ変）　**かなりの時間**(じかん)が　かかります。

要學會那個技術得花很長的時間。

それを**買**(か)**う**には（五動）　**3000元**(さんぜんげん)ほど　かかります。

要買那個的話，得花約 3000 元。

タクシーで**行**(い)**く**には（五動）　**1000元**(いっせんげん)　かかります。

坐計程車去的話，得花 1000 元。

パーマを**かける**には（下動）　**2000元**(にせんげん)　かかります。

燙頭髮要花 2000 元。

154

台湾（たいわん）はまだ暑（あつ）いそうです

聽說台灣還很熱

句型架構

主詞は	+	イ形容詞・動詞 普通体 名詞・ナ形容詞語幹 だ	+	そうです

台湾（たいわん）は	まだ暑（あつ）い	そうです
台灣	還 熱	聽說

解說

「聽說～」、「據說」。用來表示傳聞。

用來敘述從別人口中聽到的話或從報紙、電視得知的消息。

單字介紹

為（ため）になる ta.me.ni.na.ru	有益
ブーム bu.u.mu	熱潮 (boom)

例句

この歌(うた)は	とても**いい** (イ形)	そうです。	聽說這首歌非常好聽。
王(おう)さんは	もう国(くに)へ**帰(かえ)る** (五動)	そうです。	聽說王先生就要回國了。
この本(ほん)は	とても為(ため)に**なる** (五動)	そうです。	聽說這本書非常實用。
姉(あね)は	今日(きょう)会社(かいしゃ)へ**行(い)けない** (可五動・行ける)	そうです。	聽說姐姐今天無法去公司。
明日(あした)は	台風(たいふう)が**来(く)る** (カ変)	そうです。	聽說明天颱風要來。
明日(あした)は	**休(やす)み**だ (名)	そうです。	聽說明天放假。
日本(にほん)は	今(いま)**韓国(かんこく)ブーム**だ (名)	そうです。	聽說日本現在很哈韓。
彼(かれ)は	とてもいい**人(ひと)**だ (名)	そうです。	聽說他是個非常好的人。

155

今年の冬は特に寒いと聞きます
聽說今年冬天特別冷

句型架構 （主詞） ＋ イ形容詞・動詞 普通体 / 名詞・ナ形容詞語幹 だ ＋ と聞きます

今年の冬は	特に寒い	と聞きます
今年冬天	特別冷	聽說

解說 這裡的「と」用來引用所聽到的內容，通常是從別人那裡聽來的傳聞、消息。
「聞く」是五段動詞，意思是「聽」。

單字介紹

シュークリーム shu.u.ku.ri.i.mu	泡芙 (chou a la creme)
亭主関白 te.i.shu.ka.n.pa.ku	大男人主義
居眠り i.ne.mu.ri	打瞌睡

例句

ドイツの物価(ぶっか)は **高(たか)い**（イ形） と聞(き)きます。

聽說德國的物價很高。

インドネシアには 冬(ふゆ)が**ない**（イ形） と聞(き)きます。

聽說印尼沒有冬天。

あの映画(えいが)は あまり**面白(おもしろ)くない**（イ形・面白い） と聞(き)きます。

聽說那部電影不好看。

あの店(みせ)のシュークリームは **おいしい**（イ形） と聞(き)きます。

聽說那家店的泡芙很好吃。

台湾(たいわん)では 占(うらな)いが**はやっている**（五動・はやる） と聞(き)きます。

聽說台灣很流行算命。

彼(かれ)の歌(うた)は よく**売(う)れている**（下動・売れる） と聞(き)きます。

聽說他的歌很暢銷。

彼(かれ)は 授業中(じゅぎょうちゅう)いつも居眠(いねむ)りを**する**（サ変） と聞(き)きます。

聽說他上課中老是打瞌睡。

日本人(にほんじん)の男(おとこ)は **亭主関白(ていしゅかんぱく)**だ（名） と聞(き)きます。

聽說日本男人很大男人主義。

156

♪156

彼女(かのじょ)は妊娠(にんしん)しているということです
聽說她懷孕了

句型架構

主詞	+	動詞・イ形容詞 普通体 名詞・ナ形容詞語幹 だ	+	ということです
彼女(かのじょ)は		妊娠(にんしん)している		ということです
她		懷孕		聽說

解說

「聽說～」、「據說」。客觀地引用自己從其他地方聽來的事。

單字介紹

辞退(じたい)する ji.ta.i.su.ru	推辭

例句

今日（きょう）は　ここで結婚式（けっこんしき）が**ある**　ということです。
（五動）
聽說今天這裡要舉行結婚典禮。

彼女（かのじょ）が　事故（じこ）に**あった**　ということです。
（五動・遭う）
聽說她發生了意外。

昨日（きのう）　銀座（ぎんざ）で火事（かじ）が**あった**　ということです。
（五動・遭う）
聽說昨天銀座發生了火災。

彼（かれ）は　今日（きょう）**来（こ）れない**　ということです。
（可下動・来れる）
聽說他今天沒有辦法來。

このCDは　今一番（いまいちばん）**売（う）れている**　ということです。
（下動・売れる）
聽說這張 CD 是現在最暢銷的。

彼（かれ）は　参選（さんせん）を**辞退（じたい）した**　ということです。
（サ変・辞退する）
聽說他決定不參選。

明日（あした）は　授業（じゅぎょう）が**休（やす）み**だ　ということです。
（名）
聽說明天不用上課。

上野公園（うえのこうえん）の桜（さくら）は　**きれい**だ　ということです。
（ナ形）
聽說上野公園的櫻花很美。

来週(らいしゅう)は休(やす)みでしょう

下週應該有放假吧

句型架構

主詞は ＋ 名詞・ナ形容詞語幹 / 動詞・イ形容詞 辭書形 ＋ でしょう

来週(らいしゅう)は	休(やす)み	でしょう
下週	休息、放假	吧！

解說

「～吧」。帶有估計、推測的意思。

「**でしょう**」在口語中說成「**だろう**」。

也可用來表示詢問、確認對方的想法。

此時語調要記得上揚哦！

例 暑(あつ)い**でしょう**↗（很熱吧？）

單字介紹

cabin attendant
キャビンアテンダント
kya.bi.n.a.te.n.da.n.to
空服員

例句

彼女（かのじょ）は　**キャビンアテンダント**（名）　でしょう。　她是空服員吧！

先生（せんせい）は　**怒（おこ）る**（五動）　でしょう。　老師會生氣吧！

病気（びょうき）は　**治（なお）る**（五動）　でしょう。　病可以治好吧！

今日（きょう）は　雪（ゆき）が**降（ふ）る**（五動）　でしょう。　今天會下雪吧！

明日（あした）は　**晴（は）れる**（下動）　でしょう。　明天會放晴吧！

週末（しゅうまつ）は　台風（たいふう）が**来（く）る**（カ変）　でしょう。　週末颱風會來吧！

来年（らいねん）は　**結婚（けっこん）する**（サ変）　でしょう。　明年會結婚吧！

年末（ねんまつ）は　**忙（いそが）しい**（イ形）　でしょう。　年底很忙吧！

目(め)が痛(いた)いときにはコンタクトを外(はず)します
眼睛痛的時候就取下隱形眼鏡

句型架構

イ形容詞・動詞 普通体
ナ形容詞語幹な + ときには
名詞の

目(め)が痛(いた)い	ときには	コンタクトを外(はず)します	
眼睛痛	的時候	隱形眼鏡	取下

解說

「～的時候」。

「**とき**」在這裡的意思是「時候、情況、場合」。表示時間的助詞用「**に**」。

單字介紹

ホッカイロ ho.k.ka.i.ro　暖暖包

例句

寒(さむ)い　ときには　ホッカイロを使(つか)います。
（イ形）
冷的時候，就用暖暖包。

悲(かな)しい　ときには　涙(なみだ)が出(で)ます。
（イ形）
悲傷的時候，就會流淚。

お腹(なか)が**すいた**　ときには　ご飯(はん)を食(た)べます。
（五動・すく）
肚子餓的時候，就吃飯。

分(わ)からない　ときには　辞書(じしょ)を引(ひ)きます。
（五動・分かる）
不懂的時候，就查字典。

おいしそうなものを**見(み)た**　ときには　よだれが出(で)ます。
（上動・見る）
看到美食的時候，就會流口水。

彼女(かのじょ)は**化粧(けしょう)する**　ときには　真剣(しんけん)になります。
（サ変）
她化妝的時候，就會變得很認真。

暇(ひま)な　ときには　庭(にわ)を掃除(そうじ)します。
（ナ形）
有空的時候，就會打掃院子。

風邪(かぜ)の　ときには　ゆっくり休(やす)みましょう。
（名）
感冒的時候，就好好休息吧！

159

雪(ゆき)が降(ふ)ると寒(さむ)くなります
一下雪就會變冷

句型架構 **動詞辭書形と**

雪(ゆき)が降(ふ)ると　寒(さむ)く　なります

下雪　一　冷　變

解說 「一～就～」。

① 表示**A**動作發生後，**B**動作也就會發生。

② 常用於敘述大自然的變化。

例句

風(かぜ)が**吹(ふ)くと**　葉(は)が落(お)ちます。
（五動）
—刮風葉子就會掉落。

冬(ふゆ)に**なると**　マフラーを買(か)いたくなります。
（五動）
—到冬天就想買圍巾。

風邪(かぜ)を**引(ひ)くと**　せきが出(で)ます。
（五動）
—感冒就會咳嗽。

お腹(なか)が**すくと**　何(なに)か食(た)べたくなります。
（五動）
肚子一餓就想吃東西。

この薬(くすり)を**飲(の)むと**　治(なお)ります。
（五動）
—吃這個藥，病就會好。

この曲(きょく)を**聴(き)くと**　泣(な)けてきます。
（五動）
—聽到這首曲子就會情不自禁地哭出來。

もっと寒(さむ)く**なると**　夏(なつ)が恋(こい)しくなります。
（五動）
—變冷的話，就會開始想念夏天。

あの映画(えいが)を**見(み)ると**　色々(いろいろ)なことが思(おも)い出(だ)されます。
（上動）
—看到那部電影，就會讓我想起許多事。

160

ビルは高（たか）く聳（そび）えています
大樓高聳著

句型架構

（主詞）	+	イ形容詞語幹く ナ形容詞語幹に	+	動詞
（ビルは）		高（たか）く		聳（そび）えています
（大樓）		高		高聳著

解說　イ形容詞與ナ形容詞的副詞用法。

① イ形容詞：高（たか）い→高（たく）く（副詞）。

② ナ形容詞：静（しず）か→静（しず）かに（副詞）。

單字介紹

鍛（きた）える
ki.ta.e.ru
鍛鍊

例句

(昨日(きのう)は) **早(はや)く** 起(お)きました。 (昨天)起得很早。
(イ形・早い)

(花(はな)は) **美(うつく)しく** 咲(さ)きます。 (花)開得很美。
(イ形・美しい)

豚肉(ぶたにく)を**薄(うす)く** 切(き)りました。 豬肉切得很薄。
(イ形・薄い)

ラーメンを**美味(おい)しく** 作(つく)りました。 拉麵煮得很好吃。
(イ形・美味しい)

静(しず)かに 話(はな)しなさい。 請輕聲說話。
(ナ形)

(字(じ)は) **綺麗(きれい)に** 書(か)きなさい。 (字)請寫漂亮一點。
(ナ形)

(日本語(にほんご)が) **上手(じょうず)に** なりました。 (日文)進步許多。
(ナ形)

体(からだ)を**丈夫(じょうぶ)に** 鍛(きた)えています。 身體鍛鍊得很結實。
(ナ形)

161

これさえあればほかには何(なに)もいりません
只要有了這個其他什麼都不需要

句型架構

名詞
動詞ます形 さえ ＋ 動詞假定形ば

これさえ	あれば	ほかには	何(なに)もいりません
這個只要	有的話	其他	什麼都不需要

解說

「さえ」是副助詞，意思是「只要」。

以下為名詞、動詞的接續法：

名詞：**お金(かね)→お金(かね)さえあれば**／只要有錢。
五段動詞：**飲(の)む→飲(の)み**（ます形）→**飲(の)みさえすれば**。
上、下一段動詞：**食(た)べる→食(た)べ**（ます形）→**食(た)べさえすれば**。

單字介紹

布団(ふとん) fu.to.n	棉被

例句

水(みず)さえ（名） あれば（五動・ある） 生(い)きていけます。

只要有水，就可以活下去。

お金(かね)さえ（名） あれば（五動・ある） どうにかなるでしょう。

只要有錢，總會有辦法的吧！

布団(ふとん)さえ（名） あれば（五動・ある） 寒(さむ)くありません。

只要有棉被，就不冷。

あなたさえ（代名） いてくれれば（補動・いてくれる） もう何(なに)もいりません。

只要有你在我身邊，我什麼也不需要了。

これを食(た)べさえ（下動・食べる） すれば（サ変・する） すぐによくなります。

只要吃了這個，就會馬上好起來。

ちょっと寝(ね)さえ（下動・寝る） すれば（サ変・する） 元気(げんき)になりますよ。

只要稍微睡一下，精神就會變好哦！

そのことを忘(わす)れさえ（下動・忘れる） できれば（上動・できる） もう悲(かな)しくならないのです。

只要能忘了那件事，就不會再感到悲傷。

彼(かれ)が来(き)さえ（カ変・来る） すれば（サ変・する） 安心(あんしん)です。

只要他來，我就放心了。

162

こんなことは子供(こども)でもできる
這種事連小朋友也會

句型架構

主詞 ＋ 名詞でも

こんなことは　子供(こども)でも　できる

這種事　連小朋友也　會

解說

「連～也」。舉出極端的例子，用來表示連～也會。

單字介紹

即席(そくせき)ラーメン so.ku.se.ki.ra.a.me.n	泡麵
逆立(さかだ)ち sa.ka.da.chi	倒立

例句

その歌(うた)なら　**私(わたし)でも**　歌(うた)える。　那首歌連我也會唱。

そのゲームなら　**私(わたし)でも**　できる。　那個遊戲的話，連我也會（玩）。

ピアノだったら　**妹(いもうと)でも**　弾(ひ)ける。　鋼琴的話，連我妹妹也會彈。

その値段(ねだん)だったら　**私(わたし)でも**　買(か)える。　那個價錢的話，連我也買得起。

即席(そくせき)ラーメンなら　**私(わたし)でも**　作(つく)れる。　泡麵的話，連我也會煮。

逆立(さかだ)ちなら　**サルでも**　できる。　倒立的話連猴子也會。

こんなことは　**子供(こども)でも**　知(し)っている。　這種事連小朋友也知道。

それなら　**赤(あか)ちゃんでも**　できる。　那種小事連嬰兒也做得到。

163

どんな学校(がっこう)でもいい生徒(せいと)と悪(わる)い生徒(せいと)がいます
無論什麼樣的學校都有好學生和壞學生

句型架構 どんな名詞 ＋ でも

どんな学校(がっこう)	でも	いい生徒(せいと)	と	悪(わる)い生徒(せいと)がいます
什麼樣的學校	都	好學生	和	壞學生　有

解說 「無論任何～都～」、「無論什麼樣的～都～」。
「**どんな**」的意思是「什麼樣的、怎樣的、如何的」。

單字介紹

一面(いちめん) i.chi.me.n	一面
抱(かか)える ka.ka.e.ru	抱、負擔

例句

どんな**国（くに）**　でも　法律（ほうりつ）があります。

無論任何國家都有法律。

どんな**人（ひと）**　でも　いい一面（いちめん）を持（も）っているはずです。

無論任何人應該都有他好的一面。

どんな**こと**　でも　やりとげます。

無論任何事，我都會堅持到底。

どんな**こと**　でも　受（う）け入（い）れます。

無論任何事，我都接受。

どんな**料理（りょうり）**　でも　食（た）べられます。

無論任何料理，我都敢吃。

どんな**理由（りゆう）**　でも　納得（なっとく）できません。

無論任何理由，我都無法接受。

どんな**家庭（かてい）**　でも　悩（なや）みを抱（かか）えています。

無論任何的家庭都有煩惱。

どんな**家族（かぞく）**　でも　大切（たいせつ）にしなければなりません。

無論什麼樣的家人都必須好好珍惜。

164

いくら考(かんが)えても分(わ)かりません
不管怎麼想還是不懂

句型架構

いくら ＋ 動詞て形 ＋ て(で)も

いくら　考(かんが)えても　分(わ)かりません

怎麼　想 儘管　不懂

「考え」是下一段動詞「考える」的て形。

解說

「いくら～ても」表示「不管怎樣～還是～」，後面大多會接否定語。

單字介紹

喉(のど)が渇(かわ)く
no.do.ga.ka.wa.ku
口渴

例句

いくら	**話(はな)しても** (五動・話す)	だめでした。	不管怎麼說，還是沒用。
いくら	**買(か)っても** (五動・買う)	物足(ものた)りません。	不管怎麼買，還是覺得不夠。
いくら	**飲(の)んでも** (五動・飲む)	喉(のど)が渇(かわ)きます。	不管怎麼喝，還是覺得口渴。
いくら	**泣(な)いても** (五動・泣く)	涙(なみだ)はかれません。	不管怎麼哭，眼淚還是流不盡。
いくら	**言(い)っても** (五動・言う)	聞(き)いてくれません。	不管怎麼說，（他）還是不聽。
いくら	**謝(あやま)っても** (五動・謝る)	許(ゆる)してくれません。	不管怎麼道歉，（他）還是不原諒我。
いくら	**食(た)べても** (下動・食べる)	太(ふと)りません。	不管怎麼吃，還是不會胖。
いくら	**練習(れんしゅう)しても** (サ変・練習する)	うまくなりません。	不管怎麼練習，還是做不好。

165

私(わたし)などは何(なに)もできません
像我這樣的人什麼也不會

句型架構

主詞などは

私(わたし)などは	何(なに)も	できません
我(像～這樣的)	什麼也	不會

謙稱自己時，前面通常會接「私」、「僕」…等第一人稱。

解說

「A などは～」的意思是「像 A 這樣的人～」。

「**などは**」前面接「**私(わたし)**」表示謙虛。如果前面接他人，則帶有輕視的語意，使用時要特別注意！

單字介紹

資格(しかく) shi.ka.ku	資格
高価(こうか) ko.o.ka	高價
権利(けんり) ke.n.ri	權力

例句

私(わたし)などは　まだまだです。

像我這樣的人還不行。

私(わたし)などは　才能(さいのう)もありません。

像我這樣的人並沒有什麼才能。

私(わたし)などは　知(し)るはずもありません。

像我這樣的人是不可能會知道的。

私(わたし)などは　行(い)く理由(りゆう)もありません。

像我這樣的人並沒有理由去。

私(わたし)などは　あなたに頼(たの)む資格(しかく)はありません。

像我這樣的人没有資格拜託你。

私(わたし)などは　そんなことをする資格(しかく)はありません。

像我這樣的人没有資格做那種事。

彼(かれ)などは　そんなことを言(い)う権利(けんり)はありません。

像他那樣的人没有權利說那種話。

私(わたし)などは　こんな高価(こうか)なものをもらう資格(しかく)はありません。

像我這樣的人没有資格收下這麼貴重的東西。

それでこそ一人前(いちにんまえ)の大工(だいく)です
那樣才是獨當一面的木匠

句型架構

名詞
これ・それ・あれ(で) こそ

それで	こそ	一人前(いちにんまえ)の大工(だいく)です
那樣	才是	獨當一面的木匠

解說

「～才是」、「～正是」、「～就是」。

「**こそ**」的意思是「只有～才是」、「唯有～就是～」。主要用來強調。

記得「**こそ**」的後面通常不會再接其他助詞哦！

單字介紹

スター su.ta.a	明星 (star)
商売道具(しょうばいどうぐ) sho.o.ba.i.do.o.gu	生財工具
味方(みかた) mi.ka.ta	我方
手元(てもと) te.mo.to	手邊

例句

彼(かれ)こそ　本物(ほんもの)のスターです。

他才是真正的明星。

辞書(じしょ)こそ　私(わたし)の味方(みかた)です。

字典正是我的好夥伴。

それこそ　私(わたし)が探(さが)していた服(ふく)です。

那正是我找了很久的衣服。

あなたこそ　私(わたし)の真(しん)の友人(ゆうじん)です。

你才是我真正的朋友。

買(か)い物(もの)こそ　ストレス解消(かいしょう)によい方法(ほうほう)です。

買東西正是對解除壓力有幫助的方法。

若(わか)いときこそ　よく勉強(べんきょう)するべきです。

就是年輕的時候，才更必須好好唸書。

パソコンこそ　今(いま)なくてはならない商売道具(しょうばいどうぐ)です。

電腦正是我做生意不可或缺的東西。

必要(ひつよう)なときこそ　手元(てもと)にないものです。

就是需要的時候，才發現手邊沒有。

167

努力(どりょく)のかいがあって志望(しぼう)の大学(だいがく)に合格(ごうかく)しました
努力沒有白費，考上第一志願的大學

句型架構

名詞の
動詞た形＋た（だ） ＋ かいがあって

努力(どりょく)の	かいがあって	志望(しぼう)の大学(だいがく)に合格(ごうかく)しました
努力	有價值	考上第一志願的大學

解說

「甲斐(かい)」的意思是「價值、效果、成果、好處、用處」。另外，如果是接續動詞時，則用「**動詞ます形＋がいがあります**／值得～」。此時記得要變成濁音「**がい**」哦！

例 その本(ほん)は読(よ)み**がいがあります**。／那本書值得一讀。

單字介紹

治療(ちりょう) chi.ryo.o	治療
積極的(せっきょくてき) se.k.kyo.ku.te.ki	積極的
順調(じゅんちょう) ju.n.cho.o	順利

例句

治療の（ちりょう）　かいがあって　一命（いちめい）を取（と）り留（と）めました。
（名）

治療没有白費，保住了一命。

苦労の（くろう）　かいがあって　こんなにうまくできました。
（名）

辛苦没有白費，做得很棒。

昨日（きのう）**練習**の（れんしゅう）　かいがあって　ドライブは順調（じゅんちょう）でした。
（名）

昨天的練習没有白費，車子開得很順。

厳（きび）しい**訓練**の（くんれん）　かいがあって　優勝（ゆうしょう）を勝（か）ち取（と）りました。
（名）

嚴格的訓練没有白費，得到了優勝。

頑張った（がんば）　かいがあって　剣道（けんどう）の試合（しあい）で一位（いちい）をいただきました。
（五動・頑張る）

努力没有白費，劍道比賽得了冠軍。

待（ま）ちに**待った**（ま）　かいがあって　私（わたし）にもチャンスが巡（めぐ）ってきました。
（五動・待つ）

等待没有白費，機會終於降臨到我身上了。

積極的（せっきょくてき）に**動いた**（うご）　かいがあって　彼女（かのじょ）と付（つ）き合（あ）うことになりました。
（五動・動く）

積極的行為没有白費，她答應跟我交往了。

たっぷりと時間（じかん）を**取った**（と）　かいがあって　いい写真（しゃしん）がたくさん撮（と）れました。
（五動・取る）

花費的許多時間没有白費，拍了很多好照片。

168

春(はる)は眠(ねむ)くなりがちです
春天常常會想睡覺

句型架構

動詞ます形 名詞	+	がちです

春(はる)は	眠(ねむ)くなり	がちです
春天	變得想睡覺	常常

解說

「常常～」、「容易～」。大多用來表示不好的方面。「**がち**」是接尾詞，意思是「往往、常常、經常、大部分都」。

單字介紹

飲酒運転(いんしゅうんてん) i.n.shu.u.n.te.n	酒駕	冬場(ふゆば) fu.yu.ba	冬季
乾燥(かんそう) ka.n.so.o	乾燥	ぼうっと bo.o.t.to	發呆
下痢(げり) ge.ri	拉肚子		

例句

冬(ふゆ)は風邪(かぜ)を**引(ひ)き**　がちです。
（五動・引く）

冬天常常會感冒。

飲酒運転(いんしゅうんてん)による事故(じこ)が**起(お)こり**　がちです。
（五動・起こる）

因為酒後駕車，常常造成車禍。

冬場(ふゆば)は肌(はだ)が**乾燥(かんそう)し**　がちです。
（サ変・乾燥する）

冬天皮膚常常會感到乾燥。

オタクというと大変(たいへん)暗(くら)い人(ひと)を**想像(そうぞう)し**　がちです。
（サ変・想像する）

說到御宅族常常會想成是陰沉的人。

最近(さいきん)の私(わたし)はどうも**ぼうっとし**　がちです。
（サ変・ぼうっとする）

總覺得最近的我常常發呆。

最近(さいきん)は**雨(あめ)**　がちです。
（名）

最近常常下雨。

私(わたし)はいつも**便秘(べんぴ)**　がちです。
（名）

我常常便秘。

うちのチワワは**下痢(げり)**　がちです。
（名）

我家養的吉娃娃常常拉肚子。

memo

memo

memo

memo

日本人的哈啦妙招!日文句型輕鬆學：活用日本人每天必說句型168 / 中間多惠編著. -- 三版. -- 臺北市：笛藤,八方出版股份有限公司, 2023.04
面； 公分
ISBN 978-957-710-892-0(平裝)

1.CST: 日語 2.CST: 句法

803.169 112004272

2023年4月21日 三版第1刷 定價390元

編著者	中間多惠
總編輯	洪季楨
編輯	詹雅惠・林雅莉・葉雯婷・陳亭安
封面設計	王舒玗
內頁設計	葉艾青・王舒玗
插畫	山本峰規子
編輯企劃	笛藤出版
發行所	八方出版股份有限公司
發行人	林建仲
地址	台北市中山區長安東路二段171號3樓3室
電話	(02)2777-3682
傳真	(02)2777-3672
總經銷	聯合發行股份有限公司
地址	新北市新店區寶橋路235巷6弄6號2樓
電話	(02)2917-8022・(02)2917-8042
製版廠	造極彩色印刷製版股份有限公司
地址	新北市中和區中山路2段340巷36號
電話	(02)2240-0333・(02)2248-3904
印刷廠	皇甫彩藝印刷股份有限公司
地址	新北市中和區中正路988巷10號
電話	(02) 3234-5871
郵撥帳戶	八方出版股份有限公司
郵撥帳號	19809050